TITO PRATES

ASSASSINATO NO CONDOMÍNIO DE LUXO

1ª EDIÇÃO

SÃO PAULO
2020

ASSASSINATO NO CONDOMÍNIO DE LUXO

Copyright © 2020 – Tito Prates
Direitos de Edição e Impressão – Trilha Educacional Editora
Autor: Tito Prates
Capa: Luysiane da Silva Costa
Editor: Luís Antonio Torelli
Projeto Gráfico e Editoração: Edson Lage

Dados Internacionais de Catalogação na Publicação (CIP)
(Câmara Brasileira do Livro, SP, Brasil)

Prates, Tito
　　Assassinato no condomínio de luxo / Tito Prates. -- 1. ed. -- São Paulo : Trilha Educacional, 2020.

　　ISBN 978-65-87995-04-5

　　1. Ficção policial e de mistério (Literatura brasileira) I. Título.

20-48463　　　　　　　　　　　　　　　　　　　　CDD-869.93

Índices para catálogo sistemático:

1. Ficção policial e de mistério : Literatura brasileira　869.93

Cibele Maria Dias - Bibliotecária - CRB-8/9427

Todos os direitos reservados.
Nenhuma parte desta obra poderá ser reproduzida por fotocópia, microfilme, processo fotomecânico ou eletrônico sem permissão expressa do autor.

Impresso no Brasil
Trilha Educacional Editora
Rua Pires da Mota, 265 – Aclimação
01529-001 – São Paulo/SP – Brasil
Fone: 55 11 3209-7495
contato@trilhaeducacional.com.br
www.trilhaeducacional.com.br

Dedicatória

Este livro, totalmente baseado na técnica de O Misterioso Caso de Styles, é uma homenagem aos 100 anos de histórias de Agatha Christie e Hercule Poirot.

PREFÁCIO

Em uma das menores cidades-dormitório da grande São Paulo, em meio à miséria das casas de inúmeros andares e nenhum reboco ou tinta, onde até bem pouco tempo atrás o esgoto corria a céu aberto e o hobby local é assassinar os prefeitos, há um pequeno canto remoto do município onde a realidade é o completo oposto.

Esse pequeno canto remoto, que dele não se consegue chegar ao centro do município e à outra realidade fatídica dele, sem ter que se passar por estradinhas malcuidadas, é o suprassumo do luxo.

Meia dúzia de condomínios, grandes e pequenos, dividem um espaço territorial de menos de dez por cento do tamanho do município e uma parcela menor que essa da população dele.

Os condomínios variam entre o alto e o altíssimo padrão. Dispõem de dois dos melhores campos de golfe de São Paulo. Automóveis de alto preço cruzam a estrada bem cuidada e vigiada por segurança particular, as custas da manutenção dos próprios condomínios. Dividem uma pequena reserva de mata atlântica nativa, preservada, cortada por um riacho de águas não poluídas. Corujas, capivaras, pássaros exóticos, tamanduás, lebres selvagens, esquilos e micos são comumente avistados na estrada e nas casas dos condomínios. Um oásis no meio do pobre município.

Os micos viriam a ser um personagem importante da trama que conto a seguir. Um grande quinhão de culpa se atribuiu a eles. Mas todo um enredo poderia, ou não, estar apoiado numa pista falsa. Porque aconteceu, misteriosamente, um assassinato no condomínio de luxo.

SUMÁRIO

Capítulo 1 9
Capítulo 2 11
Capítulo 3 15
Capítulo 4 20
Capítulo 5 23
Capítulo 6 27
Capítulo 7 33
Capítulo 8 39
Capítulo 9 44
Capítulo 10 50
Capítulo 11 55
Capítulo 12 59
Capítulo 13 63
Capítulo 14 68
Capítulo 15 73
Capítulo 16 78
Capítulo 17 83
Capítulo 18 88
Capítulo 19 93
Capítulo 20 97
Capítulo 21 100
Capítulo 22 103
Capítulo 23 106
Capítulo 24 108
Capítulo 25 112
Capítulo 26 116
Capítulo 27 118
Capítulo 28 119

CAPÍTULO 1

— DONA PIERRETTE! DONA PIERRETTE! MATARAM A LUDIMILA!!!

Pierrette Gobbo acordou de um cochilo, que nem ela mesma havia percebido estar cochilando, assustada com os gritos da funcionária. Após alguns segundos tentando imaginar quem seria Ludimila, chegou à errônea conclusão de que deveria ser alguma personagem da novela antiga que era reprisada à tarde. Ficou meio indignada por essa banalidade ter interrompido seu delicioso devaneio pela terra dos sonhos, mas, em seguida, concluiu que jamais Dorotéia estaria aos gritos por causa disso. Até porquelembrou que a empregada não assistia a tal novela. Achou melhor acordar de vez e perguntar o que estava acontecendo. Levantou-se e dirigiu-se à cozinha.

— O que está acontecendo, Dorotéia?

A funcionária do lar, agitadíssima, entremeio ao choro e à excitação do acontecido estava esbaforida, suando e sem fôlego.

— MATARAM A LUDIMILA!!!

Pierrette percebeu que iria ter um pouco de trabalho para fazer a sua tão calma, agora histérica, empregada voltar ao normal e conseguir explicar o que estava acontecendo. Por um instante lembrou-se da soneca tão deliciosa que estava tirando sem perceber na cadeira do jardim de inverno, mas afastou com certo pesar a inebriante lembrança. Afinal, podia e deveria ser alguma coisa espetacular para tirar do sério sua fiel escudeira.

— Acalme-se, Dodô! Sente-se aqui, vou pegar uma Coca-Cola Zero para você. Agora beba, respire fundo e me conte o que está acontecendo!

— MATARAM A LUDIMILA!

— Ok, você já falou isso um monte de vezes, e aos berros. Agora beba isso!

Dodô, com cara de susto e pavor, bebeu o enorme copo de meio litro do refrigerante usualmente tomado por sua patroa. Realmente sentiu-se melhor e conseguiu ver que estava repetindo a notícia como um papagaio, sem explicar nada. Sentiu um pouco de vontade de rir, mas não o fez.

— Mataram a Ludimila...

— Dodô, se você falar isso mais uma vez, eu vou ter um negócio muito pior do que esse que você está tendo!

— Desculpe, Dona Pierrette... Mas eu estou muito nervosa!

— Percebi...

— Mataram a Lud...

Pierrette Gobbo deu um profundo e sonoro suspiro.

— Desculpe, Dona Pierrette... Mataram a empregada da casa aí depois da curva!!!

— Como, Dodô?

— Mataram a empregada da casa aí na rua depois da curva, a Ludimila!

— Meu Deus! Foi o que? Chacina? Guerra de gangues? O marido?

— Não dá pra saber, foi agora há pouco, tá cheio de carro de polícia na portaria e aí na rua!

— Foi aqui dentro do condomínio? Nessa rua? Três casas depois da minha?

— Sim! Na verdade, duas casas depois dessa aqui! Por isso eu estou tão assustada!

— Depressa, vamos trancar tudo! Pode ter um ou um monte de bandidos soltos por aí que podem entrar aqui!

— Já fiz isso, Dona Pierrette, assim que entrei.

— Cadê o Boris?

— Aí do seu lado, Dona Pierrette.

— Meu Deus! Um assassinato no condomínio! MATARAM A LUDIMILA!

— Aqui está o seu copo de Coca-Cola Zero, Dona Pierrette...

— Obrigada, Ludimila. Digo, Dodô...

Dodô bateu três vezes na madeira.

— Eu hein, sai pra lá, Dona Pierrette. A senhora conhecia ela?

— Nunca ouvi falar... Vou ligar para a portaria para saber o que está acontecendo. Estou tentando lembrar o nome das pessoas que moram por ali, eu só conheço de uma vez ou outra conversar com eles na rua, quando estou passeando com o Boris.

O grande, peludo e rabudo cão preto e assustador deu um uivinho, como se respondendo a Pierrette, que distraidamente coçou sua cabeça, fazendo-o abanar o rabo, feliz e alheio a todo o perigo. Também se houvesse perigo, ele abanaria o rabo do mesmo jeito, totalmente manso e incapaz de imaginar que alguém poderia ser mau, contrariamente a seu aspecto de um grande lobo negro muito bravo.

Pierrette foi até o telefone e voltou alguns minutos depois.

— Ninguém sabe o que está acontecendo. Parece que não roubaram nem quebraram nada, o Seu Marcos, que mora na casa, encontrou ela morta na cozinha... E todo mundo sabe que foi assassinato porque cortaram a garganta dela de um lado até o outro e está tudo coberto de sangue! A polícia está investigando tudo, e parece que um daqueles programas sensacionalistas já está sabendo do acontecido!

— Meu Deus! — disse Dodô, pondo as duas mãos na garganta.

— E a gente pensa que está seguro aqui dentro...

— Pois é... Eu vi um monte de polícia quando fui levar o lixo reciclável até o tambor da praça aqui na rua de trás, e perguntei o que era. Aí me disseram que tinham matado a empregada de uma casa aqui da rua. Quando virei à esquina topei com um monte de carro quase aqui na frente, vim correndo e vi que era na casa da Ludimila! A gente subia junto da portaria e, às vezes, se encontrava quando ela descia do ônibus e vinha andando até aqui, por isso eu sabia que era ela.

— É, eles falaram que ela chamava Ludimila... — falou Pierrette pensativa.

— Dodô, estou com medo...

— Eu também, Dona Pierrette!!!

— Não, você não entendeu... Isso foi coisa de alguém daqui de dentro! Será que iam roubar a casa e toparam com ela sozinha?

— O Seu Marcos estava em casa, pelo que eu entendi...

A imaginação fértil de Pierrette Gobbo começou a produzir teorias, possíveis e impossíveis. Ela se serviu de outro copo de meio litro de Coca Cola Zero e sentou-se, pensativa e com uma ruga na testa, na grande e confortável poltrona em frente da televisão de plasma de 65 polegadas. Ligou distraidamente em qualquer canal, abaixou o som, sem ver o que estava passando e ficou olhando, estática, para tela do televisor. Pouco depois, trocou os canais fechados para os de TV aberta e começou a zapear o controle remoto, a fim de observar se a mídia já estava a postos. Não demorou muito e reconheceu o teto da sua casa na imagem televisionada, vista por um helicóptero.

A paz no condomínio de luxo havia, aparentemente, acabado.

CAPÍTULO 2

Tentando entender o que a televisão dizia, pois o barulho do helicóptero já estava sendo ouvido e ele estava parado no ar quase em cima de sua casa, Pierrette assumiu sua posição predileta de cruzar as suas longas pernas embaixo do corpo para assistir TV, num movimento inconsciente. Como era magra, amobilidade era fácil, reforçada pelas aulas de pilates e caminhadas diárias.
Passou as mãos e juntou os longos e claros cabelos ruivos acobreados em um coque em cima da cabeça, e prendeu-os com uma caneta que estava na mesa ao lado, tudo distraidamente, sem tirar os grandes olhos verde-água, quase cinza, da tela.

Seu um metro e setenta e alguma coisa ficava confortável assim. Mas sua mente e espírito não estavam nem um pouco confortáveis. Ainda estava assustada, mas já havia percebido que não podia ser um bando de bandidos a solta pelo condomínio. Sem dúvida era coisa de alguém de dentro. Era impossível que toda segurança do condomínio houvesse falhado e assaltantes houvessem entrado somente em uma casa.

Começou a acalmar-se um pouco, passado o choque inicial. A respiração começou a normalizar e o rosto, que estava vermelho como sempre quando ficava nervosa, voltou a ficar claro e mostrando suas pequenas sardinhas que toda descendente de italiano ruiva tinha. Na casa dos trinta e muitos anos, Pierrette era uma mulher bonita.

O apresentador, sensacionalista, noticiava que a polícia havia recebido um chamado por volta de três horas da tarde e havia seguido para o local. Lógico que o apresentador já chamava o condomínio de "altíssimo luxo", de "ilha urbana", "paraíso dos marajás que só comiam caviar e champanhe". Quem dera fosse isso tudo. Era um condomínio de classe média, média alta no máximo, ninguém ali tinha helicóptero como no condomínio do lado.

Segundo ele, o chamado partira do genro do dono da casa, patrão da "pobre e indefesa trabalhadora, que dava seu suor por um salário miserável, para limpar banheiro e bosta de rico". Pierrette começou a ficar irritada, pois além de só falar besteira e deturpar a verdade, tanta demagogia deixava claro que de notícia ele não sabia nada.

Mais calma e segura, pensando melhor, resolveu ligar para sua amiga Morgana, que muitas vezes caminhava com ela e morava na casa mais perto da que houvera o crime. O telefone não atendia. Ligou para o celular da amiga.

— Oi, Morgana... Onde você está?

— Piera!!! Estou aqui com meu pai comprando uma televisão, porque ele, de repente, disse que a dele não funciona direito... Lógico que chegando aqui disse que a dele é muito melhor que todas essas e eu resolvi comprar alguma coisa para comer à noite e já vamos voltar.

— Bom, menos mal...

— Que aconteceu, Piera?

— Olha, está tudo bem, mas mataram a empregada de uma casa perto da sua e está o maior banzé de polícia aqui na rua, tem um helicóptero fazendo o maior barulho aqui em cima.

— Jesus amado! De que casa?

— Olha, quem sabe é a Dodô, que está em choque lá na cozinha, ela que me contou e eu liguei a TV. A empregada chamava-se Ludimila.

— Deus do céu, é a funcionária dos Ribeiro! Mas já sabem que é crime mesmo, não foi acidente?

— O pessoal da portaria me disse que cortaram a garganta dela... Não acho que pode ser acidente, né? — Pierrette Gobbo deu essa informação com os cantos da boca torcidos para baixo, parecendo uma pirambóia.

— Eu sempre achei que essa menina era encrenca...

— Você sabe alguma coisa dela?

— Piera!!! Tô vendo o teto da minha casa e da sua aqui na TV que estão vendendo! E essas manchetes? "Paraíso dos Marajás", "gente que come doce enfeitado com ouro"... Cristo Jesus, é o nosso fim!

— Pois é, esse fulano só tá falando bobagem e não sabe de nada. O pior é que, muito provavelmente, a mídia e o povo vão ficar contra todo morador de condomínio, pois vamos virar "comedores de criancinhas"!

— Piera, vou ter que desligar, papai viu o ocorrido na televisão que estão vendendo aqui e já sacou o que está acontecendo, está aos berros dizendo pra eu ver aonde fiz ele ir morar...

— Ih... Seu Waldomiro vai ter assunto durante anos pra te encher... Vai lá, cuida dele. Me liga quando você chegar e conseguir se livrar dele, ou foge para cá.

Pierrette desligou o telefone. Na cabeça martelava somente a frase da amiga: "Eu sempre achei que essa menina era encrenca". Morgana devia saber de alguma coisa ou seu faro havia funcionado, como sempre. Se a amiga desconfiava de alguma coisa, nove em dez vezes ela estava certa. Será que a tal Ludimila era uma boa bisca e andava metendo-se com gente das obras, ou até mesmo da segurança?

Distraída, desligou a TV, pulou o Boris que dormia atravessado entre o sofá e a mesa de centro e subiu a larga escada de degraus de cumaru.

No andar de cima, cruzou a pequena sala que separava os quartos e entrou no quarto da frente, à direita. Era o quarto onde ela guardava as malas, roupas que usava menos ou aquelas que só usava em viagens para lugares frios.

Ali também estava guardado, em três enormes estantes antigas e pesadas, de madeira nobre com portas de vidro, o seu tesouro. Não valia nada, mas era o que ela achava o que havia de mais precioso em sua casa. Uma enorme coleção de mais de 1500 livros de mistério e suspense policial. Autores consagrados e desconhecidos, antigos e esquecidos há muito tempo e alguns que haviam acabado de surgir, Coisa de primeira e de última categoria. Havia de tudo, de policiais nacionais ultramodernos, como Raphael Montes, até pérolas antigas, quase desconhecidas, como o japonês Seicho Matsumoto. A maior e mais bonita estante era toda dedicada à Agatha Christie, Rainha do Crime e maior escritora de best sellers de todos os tempos, até hoje. Sem dúvida, indiscutivelmente, sua favorita.

Em outra estante, do outro lado, moderna, moravam seus DVDs e Blue Rays de séries policiais. CSIs de todos os tipos, Law & Order, documentários sobre necrópsias, tudo que ela adorava. Mas não estava, definitivamente, feliz com um crime na sua porta.

Como era horário de verão, ainda ia demorar umas três horas para escurecer, abriu a grande porta balcão que dava para o terraço da frente. Ao fazer isso, pareceu que estava abrindo a porta de um forno e de uma outra realidade.

A rua estava coalhada de carros de polícia, polícia técnica, segurança interna do condomínio, moradores que não sabiam de nada e estavam retornando para casa, moradores que estavam fazendo caminhada com e sem seus cachorros, todos eles chocados, como ela e Morgana, com o assassinato.

A casa imediatamente em seguida a de Pierrette tinha um terreno maior que o das outras, era irregular, e na sua frente a rua fazia uma curva curta e suave a direita, para logo em seguida corrigir seu curso e fazer seu trajeto voltar ao que era, ainda na frente da casa vizinha.

A casa seguinte era bem pequena, e havia sido construída em um terreno em formato de cunha, um dos menores do condomínio, quase enfiada entre o vizinho de Pierrette em frente a curva e a outra casa, já novamente em um lote normal. Nessa casinha morava sua amiga Morgana e seu pai, o terrível Seu Waldomiro, que ninguém sabe até hoje se é muito esperto, muito chato, senil, bobo ou tudo isso junto, menos senil, como suspeita Pierrette, sem nunca ter contado para a amiga.

A outra residência era o casarão dos Ribeiro. Pierrette só havia trocado algumas palavras com eles, achava-os meio esquisitos, membros de uma seita ou sociedade civil estranha. Pierrette achava que eles viviam de explorar a boa-fé dos menos inteligentes, mas endinheirados. Morgana também não simpatizava com eles e tinha a mesma impressão que ela, procurando não conversar com esse povo.

Pierrette tomou coragem, desceu as escadas e encontrou Dodô.

— Dodô, você ainda não foi embora?

— Eu não, Dona Pierrette, estou com medo! — disse sem tirar os olhos da TV sala de almoço, onde o apresentador continuava a falar as maiores barbaridades de quem morava em condomínios de luxo.

Sem prestar muita atenção, usando seu poder de guardar tudo sem ter que olhar ou ver o que estava acontecendo, Pierrette percebeu que o tal apresentador já sabia que na casa morava um casal de meia idade, dois rapazes e uma filha casada, o marido da filha e uma criança pequena, neta dos proprietários. Também estavam falando que a família pertencia a um rito estranho e que vivia as custas de rendas de outras pessoas, as quais "ajudavam no melhor espírito cristão".

— Você quer ir pra casa, Dodô?

— Quero! Mas estou com muito medo e não quero deixar a senhora sozinha aqui com assassinos a solta!

— Relaxa, Dodô, não tem assassinos a solta em lugar nenhum. Isso é coisa interna, só Deus sabe o que aconteceu, mas ninguém pode ter entrado aqui, foi alguém aqui de dentro e não de muito perto. Não esqueça que tem uma câmera de segurança bem depois da casa dos tal Ribeiro para ver se ninguém faz a curva a duzentos por hora.

— Como a senhora consegue ficar tão calma assim e pensar nisso tudo tão depressa?

— Nem te digo, Dodô... — falou Pierrette Gobbo lembrando das estantes do andar de cima. — Vamos lá, eu vou te levar até a portaria. Não fale com repórter nenhum, pelo amor de Deus!

— Eu, hein, sai da minha aba... Eles são capazes de começar a falar que a assassina sou eu!

— Não duvide! — disse Pierrette querendo manter a crença da empregada para evitar maiores transtornos e rindo sozinha por dentro ao mesmo tempo.

— Que carro a senhora quer a chave?

— Carro? Que carro? Vou pôr a coleira no Boris e nós vamos a pé!

— Ai que medo!

— Deixe de ser boba, tem mais polícia aqui que na delegacia! E eu quero ouvir o que andam falando.

— A senhora tem certeza? A senhora disse que faz tempo que não liga o carro azul, não seria melhor ir com ele até a portaria? Depois arria a bateria e dá um trabalhão...

— Dodô, eu fui ao mercado com o Opala ontem! Ele está funcionando muito bem.

— Tá, tá... Depois eles quebram e a senhora fala que fui eu que não lembrei a senhora..

— Quando é que eu fiz isso, mulher?!

Dodô riu, já bem mais calma, pois sabia que sua patroa era meio infalível.

— Tá bem, tá bem, vou pegar a bolsa. Mas a senhora põe a coleira nesse bicho que eu já vi muito chilique hoje!

— Feito!

Dodô foi pegar a bolsa e Pierrette começou a perseguição a um Boris doido que corria para porta, voltava e pulava. Quando achava que tinha "entrado" na coleira, volta a correr por todo lado, uivando, ganindo e latindo, com Pierrette falando para ele voltar.

CAPÍTULO 3

Logo ao abrir a porta que ia do corredor lateral da cozinha para a garagem, Pierrette viu que teria sido impossível sair com qualquer carro. Havia um carro do DHPP e uma perua da polícia técnica bloqueando sua saída.

Os primeiros duzentos metros de passeio com o Boris eram meio complicados, pois ele puxava Pierrette, ou quem quer que fosse, comoum trenó que seus antepassados puxavam. E sua força era bem grande. Pierrette já havia decidido que iria direto para portaria, para dar tempo de o Boris sossegar e ela sentir o clima, além de não atrasar a Dorotéia.

Dodô seguia ao seu lado, dura como um cabo de vassoura, andando meio aos pulinhos, meio que quase correndo. De vez em quando olhava para trás com os olhos arregalados. Não disse uma palavra até virar a esquina à direita, já há uns trezentos metros da casa de Pierrette e com o Boris mais sossegado.

Desceram a pequena ladeira que levava até a praça onde fica a portaria do condomínio.

— A senhora tem certeza que vai ficar sozinha em casa, Dona Pierrette?
— Sem problemas, estou com o Boris.
— Ih, esse aí lambe o assassino...
— É, mas o assassino não sabe disso!
— Ainda bem... Bom, vou correr pra pegar o ônibus das cinco...
— Vai lá, vê se descansa e esquece essa palhaçada... Tomara que algum ídolo pop morra em algum canto do mundo, senão vamos ser notícia por semanas.
— Ih, é mesmo... Será que vão prender alguém logo?
— Assim espero, espero mais ainda que descubram que foi um fato isolado e que a paz ainda reina aqui dentro.
— É mesmo, Dona Pierrette... Tchau pra senhora e tranca tudo direitinho.
— Até amanhã, Dodô.
— Só espero que a empregada escolhida pra amanhã não seja eu...
— Escolhida para que, Dodô?
— Uai, pra ser estripada pelo assassino!
— Eita! Deixa disso, Dodô! Você vai ver que no fim foi uma bobeira qualquer.
— Quem mata por bobeira?
— Pois é... Ninguém. Mas tem doido para tudo.
— E doido é o que não falta.
— Olha o ônibus vindo! — disse Pierrette para despachar a faladeira Dodô.
— Fui! — e correu para passar o crachá na catraca de saída dos funcionários.

Pierrette avistou um dos chefes da segurança.

— Boa tarde, Mário.
— Olha, o clima está ótimo, já a bagunça armada não deixa nada ótimo.
— Você sabe alguma coisa do que aconteceu?
— Negativo... Só que quatro e pouca chegou um carro de polícia com sirene aqui e entrou dizendo que havia sido acionado por um morador. Depois chegou outro e outro e outro e uma ambulância. Logo depois falaram que tinham matado a funcionária do seu vizinho, que tinham cortado a garganta dela e perguntaram se a portaria tinha visto alguma coisa suspeita. Ninguém viu nada.
— E a câmera da curva?
— Bom, Dona Piera... A senhora sabe, né?... Aquela câmera que fica no muro entre o 480 e o 560 vira e mexe sai de foco por causa dos micos! Eles vêm lá do fundo do condomínio, pelo alto dos muros, buscar comida de um monte de gente que põe para eles e para ir para a mata que fica do outro lado. Na hora de andar e atravessar as ruas, eles vão pelas árvores e pelo cabo do telefone – parece que o bicho sabe que se usar o fio elétrico pode fritar... Aí, eles

pulam do muro para cima da câmera e dela para o galho da árvore! Vai indo, vai indo, a câmera vai abaixando com o peso deles até que a gente começa a não ver mais a curva, então é preciso ir lá levantar a câmera de novo e apertar o parafuso! Já falei que tem que pôr uma fixa, daquelas que parece disco voador.

— É mesmo, Mário... — disse Pierrette pensativa. — De quanto em quanto tempo vocês tem que fazer isso?

— Olha, depende do trânsito dos micos – Mário riu um pouco, nervoso – Geralmente a cada duas, três semanas.

— E quando fizeram da última vez? — Engraçado a senhora perguntar isso. Eu estava matutando, mesmo... Porque arrumaram anteontem e hoje já está mostrando o chão outra vez! Ou foi um mico muito gordo, ou passou uma manada deles por ali!

Pierrette corrigiu mentalmente o coletivo de micos para bando e falou, pensativa:

— Três dias... Estranho mesmo... Já falaram isso para a polícia?

— Eles ainda não falaram nada com a gente – disse Mário meio ofendido, meio ressabiado de atrapalhar o trabalho das autoridades.

— O Manoel está lá?

— Sim, como ele é o chefão da segurança, eu fiquei aqui e ele está lá para ver se pode ajudar.

— Bom, é o lugar dele... Vou para casa. Não corremos nenhum perigo, não é, Mário?

— Difícil dizer, Dona Pierrette... Mas eu acho que foi isolado... Essa menina era meio saída com os rapazes, a senhora sabe...

— Sim, a Morgana comentou alguma coisa. Agora vou para casa – despediu-se Pierrette com uma ruga na testa e uma expressão preocupada no rosto.

Nesse momento, atracou uma enorme van com uma parabólica ainda maior que ela em cima, bem ao lado da portaria. Abriram as portas, desceram umas seis ou sete pessoas e começaram a mexer na antena, meio montando acampamento. Pierrette suspirou, o Boris uivou baixinho pedindo para andar mais e os dois começaram o caminho de volta.

No meio da subida da ladeirinha, Pierrete ouviu um grito:

— Piera! Que tragédia, menina!

— Oi, Angelita – Pierrette cumprimentou a vizinha da rua de trás que vinha descendo, meio esbaforida, a ladeira, para entrar na sua rua e bisbilhotar o que acontecia.

— Que tragédia... E pensar que EU indiquei essa menina para os vizinhos e ela cismou de morrer aqui. Estou morrendo de vergonha deles.

— Mas você não podia adivinhar que ela ia morrer, ainda mais aqui e ainda mais assassinada. Não é, Angelita?

— QUE?! ASSASSINADA?!

Pierrette se arrependeu na mesma hora de ter falado. Achou que a vizinha já sabia. Agarrou o braço da gorducha loirinha, mãe de quatro filhos terríveis, sempre de moletom e descabelada, que morava bem atrás da casa dos Ribeiro e tentou acalmá-la.

— Desculpe, eu pensei que você já sabia.

— Eu não! Só vi um monte de polícia e perguntei para um casal que passeava com o cachorro o que havia acontecido e eles disseram que a empregada dos Ribeiro tinha morrido. Aí saí correndo da pia que a Jandira deixou lá para eu lavar e vim ver o que era.

— A Jandira deixou a louça para você lavar?

— Pois é, de repente, quando eu cheguei de tarde, ela disse que estava com uma enxaqueca terrível, que devia ser pressão alta, que estava suando frio e que ia ao pronto socorro. Não trocou nem de uniforme. Será que ela teve um sexto sentido?

— Só Deus e ela sabem... Você que indicou a tal Ludimila?

— Na verdade, não. Ela é uma menina carente do bairro da Jandira, não sabia fazer nada direito, mas com o que os Ribeiro pagam, era a única coisa que podiam ter. Então, ela foi trabalhar lá e contou poucas e boas deles para Jandira.

— A Jandira falou com ela hoje?

— Eu acho que ela mudou de horário, vinham sempre juntas e ficavam de papo na esquina, mas agora a Jandira disse que os Ribeiro querem que ela chegue às sete da manhã e você sabe que a Jandira antes de oito e meia, nove, nada, né?

— A Dodô também é assim.

Conversando sobre empregadas, chegaram até perto da casa de Pierrette. Havia um policial logo adiante. Pierrette foi até o portão da garagem, entrou com o Boris, tirou a coleira dele que foi trotando para o pote de água, e voltou para a rua, onde Angelita a esperava.

— Boa tarde, policial. Eu sou a moradora dessa casa. Há algum perigo para a gente?

— Nós estamos aqui para evitar qualquer perigo, dona. E pelo que eu sei da vida, depois de vinte anos na polícia, foi crime paixonal.

Pierrette pensou que ele sabia muito em vinte anos de polícia, mas não sabia o nome correto do crime.

— Então não foi bandido?

— Não parece não, mas nunca se sabe. Fica tranquila, tranque bem sua casa e logo logo a polícia esclarece tudo.

— Obrigado. Você sabe onde está o Manoel chefe da segurança?

— Dona, vocês ficam com esses seguranças que nunca viram um bandido e dá nisso... Ele está lá dentro da casa, tentando fingir que sabe de alguma coisa.

— É mesmo. Vou ver se falo com minha amiga que mora do lado da casa, ela deve estar muito nervosa.

— Positivo, senhora, mas não passe a faixa amarela que está isolando a casa do crime.

— Obrigada.

Pierrette grudou no braço da Angelita, muda e branca, e foi decidida até a casa de Morgana. O carro de Morgana não estava lá, somente a velha Volvo Wagon, coberta de pó por nunca sair da garagem do seu Waldomiro. A cada seis meses ele mandava lavar o carro, polir, gastava uma fortuna no mecânico para colocá-lo funcionar e parava de novo com ele no mesmo lugar por mais seis meses. Não emprestava, não dirigia quase, não deixava a Morgana dirigir e também não vendia, deixava lá estragando.

Pierrette foi até a faixa de isolamento e chamou um segurança interno que estava por ali, o qual ela não conhecia.

— Moço, moço…

— Sim, Senhora?

— Eu sou a vizinha aqui do lado – Pierrette diminuiu a distância de sua casa propositadamente, — e preciso muito falar agora com o Manuel.

— Ele está muito ocupado, dona…

— Interrompa agora o que ele estiver fazendo e chame-o aqui agora mesmo, eu acho que sei alguma coisa do crime, mas não quero falar para polícia nem para os diretores do condomínio.

O segurança novato, assustado, respondeu:

— Ah, bom, se é assim eu vou lá chamar agora!

Quando ele saiu Angelita perguntou o que Pierrette sabia, e Pierrette disse que não sabia nada, somente tinha uma informação,

que provavelmente não servia de nada, mas que era importante dizer antes que a polícia técnica fosse embora. Manoel chegou meio contrariado.

— Pois não, Dona Pierrette.

— Oi, Manoel. Sinto muito por essa confusão toda. Sei que vocês se empenham muito por nós e não mereciam isso. Mas logo tudo vai se esclarecer e irão ver que não têm responsabilidade nenhuma sobre isso – falou Pierrette, somente para buscar a boa vontade do chefe da segurança. A armadilha funcionou.

— Obrigado, Dona Pierrette. O Jorginho falou que a senhora viu tudo?

— Eu não! Só falei para ele que talvez eu saiba de uma bobeira que pode ajudar ou não, mas é importante falar agora, porque amanhã pode ser tarde.

— O que foi, Dona Pierrette?

— Sabe a câmera do 560?

— A que os micos pulam?

— É, essa… O Mário comentou com você que arrumaram ela essa semana e ela já está para baixo de novo?

— Não… Eu estava de folga anteontem e ontem, porque trabalhei todo fim de semana. Mas ela sempre demoraa abaixar.

— Isso! Eu achei que você devia contar isso para polícia técnica ainda hoje, pode ter alguma coisa na câmera e eles podem descobrir, amanhã pode ser tarde, pois pode chover ou arrumarem de novo no lugar e desaparecer com algum indício...

— A senhora acha que desviaram a câmera para não ver a frente da casa?

— Não acho nada, mas achei importante que você fosse avisado. Assim você leva o crédito se acharem o Ozama Bin Laden por aqui.

Manuel riu um pouco e agradeceu, pedindo desculpas por ter que voltar para ajudar a polícia e os técnicos, além de zelar pela integridade da casa dos Ribeiro.

— Obrigada você e desculpe incomodá-lo, Manuel.

Manuel voltou para casa pensando que realmente a linda Dona Pierrette era uma das moradoras mais gente fina do condomínio, feliz com a deixa que ia dar para impressionar os delegados.

Pierrette, ainda grudada no braço de Angelita, agora tremendo, arrastou-a para dentro de sua casa.

— Você precisa de uma Coca-Cola Zero, Angelita, e por enquanto não temos nada para fazer aqui.

Entraram e, pela primeira vez em muitos anos, Pierrette trancou a porta da garagem.

CAPÍTULO 4

Como a casa era grande e os quartos ficavam na parte de trás, bem como o jardim de inverno que dava para o jardim dos fundos e a sala de TV, Pierrette não foi muito incomodada pelo barulho da rua.

Meia hora depois de chegar a casa, Angelita ligou para o marido que já havia chegado em casa e foi buscá-la de carro. Pierrette assistiu suas séries de suspense prediletas, sem prestar muita atenção, sapeando nas redes sociais o que tinha sobre a tragédia ali do lado.

Um bando de gente dizendo que nada naquele condomínio prestava e outro bando xingando, porque dizia que era tudo muito bom e que a segurança não tinha responsabilidade sobre o ocorrido. Lógico que ninguém se atém ao assunto em questão e já estavam discutindo valor da taxa de condomínio, administração e até o horário da quadra de vôlei. Ficou um pouco deprimida em pensar como ser humano muda tudo e mistura o que não deve, só para reclamar.

Ela mesma estava no time que achava que tinha sido algo totalmente interno, sem falha da segurança.

Pierrette subiu para seu quarto por volta da uma da manhã. Ao contrário do que havia imaginado, deitou-se e dormiu. Acordou de manhã, por volta de oito horas como sempre, se arrumou e desceu. Dodô já estava lá.

— Eu já ia subir pra ver se a senhora estava bem!

— Bom dia, Dodô, e aí, muita conversa no ônibus?

— Olha, tá um bafafá danado! Todo mundo falando que já viu a Ludimila dando mole pra segurança, pra pedreiro de casa em construção e até pros jardineiros. Fora os garotões do condomínio mesmo.

Pierrette lembrou-se da câmera. Se o crime foi premeditado, era muito fácil baixar a câmera para não ser visto, entrar e assassinar a empregada. A frase "garotões do condomínio" fez Pierrete lembrar-se de algo.

— Dodô, você sabe quantos anos tem o garoto que mora do lado do casarão?

— Ué, tem garoto na casa da dona Morgana?

— Não, Dodô, a casa do outro lado, mais embaixo.

— Ah, esqueci deles. A Luzimagna que trabalha lá falou que o tal garoto é danado. Tem dezesseis anos, mas é mirradinho, parece menos. Ela tem que tapar o buraco da fechadura quando vai trocar de roupa e ele já tentou dar umas apalpadas nela. Mas ela é séria e não dá trela. Já se fosse a tal Ludimila...

— Você sabe alguma coisa? — perguntou Pierrette.

— Saber mesmo não sei, mas a Luzimagna falou hoje que viu o menino indo no casarão umas duas vezes quando saiu todo mundo.

Pierrette abriu o leque de possibilidades. Havia algo ilícito nessas visitas? Teriam mesmo acontecido ou eram um exagero da tal Lusimagna para chamar a atenção? O garoto realmente era "safadinho"? Será que seu Waldomiro estava certo? Ou Seu Waldomiro estava certo e outra pessoa aproveitou-se do menino ter abaixado a câmera?

— Dodô, você fez a lista do que precisa comprar?

— Ih, com essa coisa de ontem à tarde eu bobeei, mas não é muita coisa não... Faço rapidinho.

— Não precisa ser rapidinho, faz direito que senão falta coisa e eu tenho que sair para comprar e você sabe que eu gosto de ir ao mercado só uma vez por semana!

— Tá bem, Dona Pierrette... Já estou fazendo.

Dodô começou abrir a geladeira, o freezer, os armários e olhar as prateleiras da dispensa.

— Parece que fora o de sempre, não falta muita coisa não...

— Vê com calma, Dodô – disse Pierrette sentando no banquinho e comendo uma banana de café da manhã, com um copo de leite desnatado gelado. Coca-Cola antes das onze da manhã, nem pensar, era um sacrilégio para ela.

— Como está a bagunça aí fora? — perguntou.

— Olha, tem até carro da Globo na portaria! Será que vão entrevistar a gente?

— Deus me livre, Dorotéia!

— Poxa, eu fico com dó da Ludimila, mas já pensou eu no Fantástico? Ou no programa do Rodrigo Faro?

— Ué, esse menino não é ator?

— Ih, Dona Pierrette, a senhora é de quando mesmo? Faz maior tempo que ele tem programa de TV, maior bom, no domingo.

— Eu nem vejo TV no domingo, Dodô!

— É mesmo... Olha tem um carro de polícia aí na frente e uma outra perua branca, vi gente entrando e saindo, mas nada demais. Os Ribeiro foram para um flat até acabar a bagunça da polícia na casa deles, a Deucimar que me contou.

— Deucimar?

— É, a gari do condomínio.

Pierrette lembrou-se da figura. Era uma mulher de uns trinta e poucos anos, mas parecia bem mais velha, cabeleira preta até os ombros, desgrenhada, olhos entreabertos, sempre com um sorriso de Monalisa, com cara que quem prestava atenção em tudo, achando tudo muito interessante, mas não entendendo nada.

Ela costumava parar de varrer a rua toda vez que encontrava qualquer pessoa, puxava conversa, levando horas para fazer o que faria em minutos. Seu assunto predileto, quando encontrava Pierrette no jardim da frente, era a poda de suas palmeiras ornamentais raras, que a própria Pierrette fazia questão de executar. Quando a gari encontrava Pierrette andando pelo condomínio, o assunto mudava para exercícios físicos.

— Eu hein... Ela falou alguma coisa da Ludimila?

— O que todo mundo fala... Que ela "dava" pra todo mundo...

— Dodô!

— É verdade! Os Ribeiro saiam e entrava homem lá... Aliás, a Deucimar disse que às vezes nem saiam todos os homens da casa e aí coisa já rolava... E eles tão cheios de homem só usar terno e mulher só usar saia! A senhora vai me deixar sozinha aqui com o assassino? — Dodô perguntou, se dando conta que a patroa ia sair.

— Vem comigo, então, assim você me ajuda no mercado.

— Ufa, ainda bem...

— Mas depois você vai ter que dar duro porque hoje é o dia que começa a faxina do fim de semana!

— Sem problemas, eu fico até mais tarde se precisar, mas a senhora me leva na portaria depois...

— Tá bem, Dorotéia! — disse Pierrette rindo.

— Vamos com a pick-up?

— Tem tanta coisa assim para comprar?

— Não, é meio que o de sempre... Mas só as doze garrafas de Coca Zero de dois litros enchem o porta-malas do carrinho e a senhora não gosta de ir nem com o carro azul, nem com o grandão!

— É... Vamos com a pick-up – Pierrette concordou, lembrando que não usava o bólido oito cilindros 5.7 há alguns dias e estava com saudades de dirigi-la. Ela e sua mania de carros. Agora eram só quatro, mas já haviam sido seis.

— Vamos embora, Dona Pierrette.

Saíram, deixando o Bóris deitado no canto da porta, olhando triste com a cabeça apoiada no chão, no meio das patas, com cara de "Não vou mesmo?"

De novo, Pierrette trancou a porta da garagem.

CAPÍTULO 5

Ao passar pela portaria, Pierrette viu três vans com parabólicas em cima, de três emissoras de TV diferentes. Suspirou. Aquilo ia ser um problema para vida dos moradores das quase seiscentas casas do condomínio. Percebeu que a segurança havia aumentado a fiscalização da entrada de funcionários das obras e de visitantes. Melhor assim. Virou à esquerda, saindo da portaria e pisou fundo, feliz com o motor fazendo quase "decolar" o enorme e pesado carro de mais de seis metros. Foram para o supermercado.

No caminho, Pierrette foi conversando sobre diversas coisas com Dodô, mas quase não falaram no assunto. Mentalmente, ela fez uma lista de afazeres para quando voltassem, depois da soneca pós-almoço.

A compra foi mais rápida do que imaginava, despachou Dodô para pegar o pesado com o carrinho e foi atrás, apanhando numa cesta o que era menor. Voltaram em menos de duas horas.

Quando iam entrando no condomínio, estava saindo uma viatura do DHPP com alguém no banco de trás. Dodô gritou:

— Prenderam o Seu Marcos!

Pierrette brecou e olhou o carro saindo.

— Acho que não, Dodô. Devem estar levando-o para fazer alguma coisa...

— Prenderam ele! Seu Marcos estava sozinho com a Ludimila lá na casa e foi ele que encontrou a defunta. Foi ele que matou ela!

— Calma, Dodô, não se pode julgar precipitadamente.

Parou o carro na portaria e perguntou para o segurança da guarita o que havia acontecido.

— Fizeram uma prisão para averiguação do Seu Marcos. Ele estava sozinho com a vítima e parece que não entrou mais ninguém lá não. E parece que ele contou uma mentira quando interrogaram ele.

— Foram rápidos... Mas será que foi ele mesmo?

— A polícia parece não ter certeza absoluta ainda, mas estão esperando DNA e outras coisas. Querem ver quem era o pai da criança.

— Que criança, Ismael? — perguntou Pierrette, sem entender.

— A senhora não viu na TV? Na negópsia da Ludimila descobriram que ela estava grávida de três meses. Nem o namorado dela sabia, mas jura que o filho é dele e que ela era santa. Coitado, tem homem que é cego, ou finge que não vê.

Pierrette agradeceu, contou até dez para não corrigir o negópsia para necrópsia, e entrou no condomínio. Dodô falava sem parar, meio histérica. Pierrette não prestou muita atenção. Achou tudo muito rápido, mas de repente possuíam alguma prova irrefutável.

Na rua em frente à sua casa estava um acúmulo de moradores do lado de fora. Pelo jeito a polícia havia ido embora, restou somente uma viatura da polícia técnica e os Ribeiro já tinham voltado para casa.

— Dodô, vamos tirar só o que é de geladeira e freezer, depois que o banzé acalmar pegamos o resto, senão vão ficar falando com a gente e eu não estou a fim de fofoca. Quero pensar por mim mesma um pouquinho.

— Tá bem, Dona Pierrette. Vou pegar as bolsas térmicas e a senhora pega as sacolas de coisa gelada. Tá tudo lá atrás, do lado direito. E pensar que aquela safada tava escondendo barriga até do namorado. Não devia ser dele, né?

— Dorotéia, coitada da menina, de repente nem ela sabia que estava grávida! E talvez ela nem fazia isso tudo que vocês dizem que ela fazia, era só amizade mesmo.

— Dona Pierrette, a senhora acredita no Papai Noel?

— Dodô! — riu Pierrette.

— Vamos descarregar que a faxina me espera. Pelo menos já sabemos que levaram o assassino embora e ninguém vai cortar o pescoço da gente.

— Dorotéia, ainda nem sabem se foi mesmo o Seu Marcos, e eu duvido muito dele ter sido tão tonto de cortar a garganta dela em casa, quando só estavam os dois!

— De repente ele ia fazer picadinho dela e chegou alguém...

— Dodô, ele mesmo chamou a polícia!

— Sei não... Bom, vamos carregar as coisas – disse Dorotéia com cara de que já estava tudo resolvido.

Pior, pensou Pierrette, que muita gente iria supor o mesmo e pré-julgar o tal Marcos sem esperar uma investigação adequada. Almoçou, mas não quis tirar a soneca costumeira. Estava meio embolada com tudo aquilo. Pegou o iPad e foi sentar-se na poltrona da sala de TV, com as pernas cruzadas embaixo do corpo e o cabelo preso com a caneta. Pôs no canal de notícias e começou a procurar matérias sobre o crime na internet.

Descobriu pouca coisa que ajudasse e muita coisa que podia ou não significar nada, como também podia nem ser verdade. Pelo menos o canal de notícias era imparcial e só falou o que se sabia, sem começar a já crucificar Marcos da Silva Carneiro.

No Facebook tinham fotos de um carneirinho com uma enorme dentadura de lobo mal, uma faca na mão e a frase "Vem com o papai só de avental, gostosa". O povo era impiedoso mesmo.

Olhando as notícias da internet, descobriu alguma coisa sobre a tal entidade social da família Ribeiro, VHP – Valor, Honra e Postura. Propunham-se a viver e criar uma sociedade onde o corpo era pecado, a honra de seus membros inquestionável, a mulher totalmente submissa e a fertilidade dos casais estimulada.

Os casais da tal sociedade mostravam, orgulhosos, fotos de no mínimo sete ou oito crianças cada. Meninas de dezessete anos se casando. O uso de calça comprida pelas mulheres condenado, por ser coisa de satã mulher se vestir de homem.

O clube que fundaram tinha uma piscina para homens e outra para mulheres e ambos nadavam com uma espécie de macacão de pernas compridas e mangas curtas, solto.

Havia alguns colégios separados para meninas e meninos, que tinham fundado, todos fora de grandes centros urbanos e no meio do nada. Os meninos ficavam internos, tendo aulas, assistindo missas e rezando. As garotas iam e vinham da escola, mas aprendiam a cozinhar, a lavar, a passar, a cuidar de crianças e a serem "boas esposas, fiéis e obedientes aos seus maridos", como descrevia o site do colégio feminino.

Em artigos sobre suas ideias, a tal sociedade deixava claro que anticoncepcionais e qualquer forma de sexo eram pecado mortal. Somente os casais podiam ter relações, mas não na quaresma, nem nos dias santos, nem aos domingos, nem um dia antes e outro depois de comungar. Também havia fotos do Lençol Nupcial, que deveria ser usado quando isso acontecesse, um enorme lençol com uma abertura caseada no meio, e das camisolas de tomar banho, como defensores da pureza da alma.

Lendo os nomes dos dirigentes da tal sociedade, Pierrette descobriu que seu vizinho era um membro do terceiro escalão, ninguém muito importante na hierarquia da organização e seu nome era Celso. Sua mulher se chamava Gilda e tinham sete filhos, um deles morando no colégio da organização, um rapaz e duas garotas "pastoreando e catequizando discípulos verdadeiros" em outros países.

Como não podia deixar de ser, o principal tópico de todos os artigos e do site da organização era o dízimo e a contribuição espontânea de doações, bem como campanhas de arrecadação de fundos para construir outros colégios, clubes e bibliotecas. Também era sugerido o casamento entre os membros da própria sociedade para purificar as famílias.

Em contrapartida, Pierrette também achou depoimentos, em número muito maior, artigos da imprensa e histórias mil condenando a tal sociedade. Relatos de parentes indignados, de senhoras, senhores e até casais sem filhos e com posses que haviam sido isolados da convivência com os parentes pelos mais variados pretextos, doado tudo e deixado o que restou em herança para a tal sociedade ou para seus membros. Acusações de lavagem cerebral de quem simpatizava com a causa e, principalmente, dos garotos e meninas de suas escolas.

Havia também relatos de pessoas que saíram da tal sociedade, quase todas sendo taxadas como expulsas por mau comportamento, mas que na verdade haviam fugido da estrutura por não concordarem com o que viam. Alguns tiveram uma morte prematura suspeita, mas nada provado.

Rapazes falavam em abuso nos colégios e de formação de guerrilha de extrema direita. Ditadores de extrema direita eram aclamados. O senso comum de que todo superior jamais deveria ser questionado prevalecia.

Moças diziam que haviam fugido por terem se apaixonado por rapazes de fora da organização e correrem o risco de terem que usar flagelos, até mudar de ideia.

Havia uma história dúbia, que podia ou não ser verdade, mas Pierrette achou exagero, de uma menina que desapareceu, embora ninguém tenha se queixado disso, e que supostamente fora apedrejada pela organização, pois tinha engravidado de um segurança negro.

Pierrette ficou meio estarrecida. Como aquela família, se realmente fosse isso tudo, aceitara a Ludimila? Será que eram déspotas ou será que ela não era a safada que insinuavam? Será que realmente o tal Marcos – que era genro do casal, Gilda e Celso, e morava com a esposa e uma filhinha na casa dos sogros no condomínio, havia realmente matado a Ludimila? Por quê? Existiriam outros moradores da tal organização no condomínio?

Fechou o iPad, desligou a TV, subiu, abriu a porta do quarto biblioteca, sentou-se na grande poltrona que ficava lá e ficou olhando fixamente para seus livros. Meia hora depois, Dorotéia entrou, na ponta dos pés, pôs um copo de Coca Zero na mesinha ao lado da poltrona e saiu.

— Obrigada, Dodô – murmurou Pierrette sem tirar os olhos das estantes, olhando as lombadas dos livros.

Pouco depois, deu um fundo suspiro, abriu o iPad e fez uma lista. Foi tomar um banho, deitou-se e relaxou. Dodô foi embora pouco depois, e trancou a porta da garagem. Pierrette acordou uma hora após a saída da funcionária, desceu, tomou sua Coca-Cola Zero e resolveu ir visitar Morgana, mas antes foi dar o passeio de sempre com o Boris.

CAPÍTULO 6

Durante sua caminhada com Boris, depois que ele parou de puxar, Pierrette aproveitou para ligar de seu celular para o jardineiro.

Paulo já trabalhava para ela há um bom tempo e era uma pessoa de confiança, a ponto de ficar na sua casa com o Boris quando ela viajava por longos períodos e dava férias para a Dorotéia.

Ele disse que só poderia mexer no jardim dali a três dias, mas aceitou ir tomar um café com Pierrette no dia seguinte, para que ela pudesse mostrar o trabalho que deveria ser feito e ele listar o que iria precisar ser comprado.

Pierrette aproveitou o resto do caminho para pensar em uma ou duas bobagens para justificar o chamado do jardineiro, a fim de combinar as alterações no jardim.

Voltou para casa com Boris, deixou-o lá e foi para casa de Morgana. Na rua havia apenas um carro da polícia, já haviam retirado as fitas amarelas e viu uma atividade meio frenética na garagem dos Ribeiro. Os três carros estavam de porta-malas abertos e integrantes da família iam e vinham colocando sacolas, malas, caixas e outras coisas neles.

Bateu o sino da casa de Morgana e Seu Waldomiro apareceu.

— Pierrette, entre, entre, é perigoso levar um tiro por essas ruas!

— Boa noite, Seu Waldomiro, que exagero!

— Nunca se sabe... Viu que estão fugindo? Medo daquele praga do menino do vizinho. Eu já falei que ele matou a tal Ludimila. Senão por que ia ficar trepando no muro e abaixando a câmera toda hora?

— O senhor o viu fazendo isso?

— Se vi! Vira e mexe baixava a câmera. Deve ter sido para matar a coitada da Ludimila.

— Por que ele faria isso, seu Waldomiro?

— Ué, devia ser o pai da criança!

— Ele ia muito lá?

— Ia sim! Todo dia! Mais de uma vez! E quando saía tava todo saltitante, feliz... Você sabe o que eles faziam, não é?

— E por que ela faria isso com ele?

— Dinheiro! O menino devia dar dinheiro para ela. Ela adorava dinheiro.

— Como o senhor sabe?

Pierrette estreitou os olhos e fixou as expressões do Seu Waldomiro. Ele ficou meio parado, meio mudo, gaguejou um pouco.

— Bem... Coff, Ora... Pois é... Eu não gosto de falar isso com uma dama... Mas essas meninas são todas iguais, não é?

— Bom, a minha Dorotéia, pelo menos não!

— Ah, mas ela é mãe de família, já está mais passada e nem é bonita, coitada.

27

— A Ludimila era bonita? — Pierrette rezou para que Dodô não ouvisse aquilo, senão o estripado seria Seu Waldomiro.

— Ah, era novinha, toda empinada, se vestia bem, usava batom, mas teve que parar porque o povo aí do lado não permitia.

— Sei...

Pierrette lembrou-se da mulata de cabelos longos e pretos brilhantes. Uma boca grande e lábios carnudos. Olhos muito negros em um fundo muito branco, amendoados. Alta e bem-feita de corpo. Devia dar uma ótima passista de escola de samba. A roupa que usava, uma espécie de tailleur preto com sapatos esborrachados baixos e cafonas, não combinava com ela e sempre estava com a mesma roupa.

— Mas ela se vestia como velha, Seu Waldomiro – disse Pierrette, rindo.

— Que nada! Tinha umas roupas muito bonitas, pulseiras, colar. O povo aí do lado que não deixava ela usar.

— Sei...

Morgana chegou.

— Piera! Que doideira, menina! Hoje isso aqui foi um circo. E o carro da polícia fez questão de sair com sirene tocando, depois que prenderam o Marcos, coitado, para todo mundo ver.

— Que loucura, menina... Seu pai estava me contando que a Ludimila tinha que mudar todo visual para trabalhar aí.

— Devia ter mesmo, mas eu só via ela com o tal tailleur, que eu acho que deram para ela e devia ser de alguma das defuntas que eles sugavam...

— Seu pai disse que ela tinha roupas bonitas, colares e usava maquiagem.

— Nossa, tá bem informado, né, papai? Eu nunca vi nada.

Seu Waldomiro respondeu, meio presunçosamente:

— Qualquer um sabia que aquilo era fachada, Morgana! Ela devia usar aquela roupa só para vir trabalhar, você conhece essas meninas... Lembra da última que você arrumou para trabalhar aqui? Uma verdadeira idiota e burra. Vinha com uns shortinhos que não tapavam nada e top! Rebocada de maquiagem que nem você sabe o que.

— Papai! Vai começar a novela!

— Vocês não vão ver?

— A gente não gosta de novela, Papai.

— Bom, mas não fuja, Piera, eu vou ver a novela e depois podemos comer pizza!

Pierrette riu e resolveu aceitar a pizza, assim a pobre Morgana poderia comer uma. Seu Waldomiro só pedia pizza quando ela não estava e, se não comesse tudo, escondia no armário do quarto. Caso a Morgana quisesse pizza ele fazia um escândalo dizendo que estava ruim do estomago e as pizzas dali eram horríveis, indigestas e com ingredientes ruins. Lógico que Seu Waldomiro não tinha consciência de que Pierrette sabia disso.

— Ok Seu, Waldomiro, boa novela!

Seu Waldomiro foi para a sala de TV. Grisalho, curvado, magro, com roupas ultra usadas, mas que se viam que eram caras, tinha um narigão e um rosto fino e comprido.

Morgana puxou Pierrette para a varanda da frente.

— Obrigado pela pizza! E você escolheu a hora certinha!

— É, eu sei que ele gruda na novela e a gente pode conversar!

— Poirrette Gobbo... Quem é o assassino?

Pierrette riu do trocadilho da amiga.

— Nem imagino!

— Não imagina, mas já deve ter um monte de perguntas para responder.

— É, tenho...

— E eu vou responder quais delas?

Pierrette riu das diretas da amiga.

— Ok, você venceu. Me conta o que você sabe desse povo aí do lado. Vi umas coisas na internet e não gostei nem um pouco.

— Pois é... Não são flor que se cheire não. Por sorte o papai implicou com eles, mas de vez em quando conversava com a filha casada e a menininha. Depois vinha, com os olhos arregalados, e contava todas as fofocas, todo pimpão de ter descoberto as coisas. Em linhas gerais, é o seguinte: Os donos da casa são o casal. Moram dois filhos rapazes, meio que adolescentes ainda e essa filha casada que deve tem dezenove anos. Mudaram-se para cá quando internaram a antiga proprietária, que era uma senhora sozinha que eles cuidavam. Depois ela morreu e deixou tudo para eles.

— É, ouvi dizer...

— Pois é. menina. Eles intitulam como caridade, já andaram me sondando porque eu sou uma boa presa para eles – solteira, casa boa, imóveis alugados, já ficando do coroa... Queriam me arranjar um marido lá da tal sociedade deles. Olhavam torto para meus jeans, maquiagem, batom, mas não criticavam porque era mais interessante me xavecar para ver se levavam algum. Vira e mexe aparecem aqui com uma campanha de donativo para comprar algum remédio astronomicamente caro para algum necessitado e também já me convidaram para ir às missas deles, ou para ser contribuinte mensal com a tal sociedade. Eu ganharia "indulgencias plenárias" caso contribuísse todo mês com um salário mínimo. Eu disse que isso era muito dinheiro para mim, o que não é mentira, os aluguéis que recebo da herança da mamãe cobrem as despesas, dá para ter uns luxos, mas se eu gastar mais seiscentos reais por mês, já viu, né? Você sabe que o papai recebe uma boa aposentadoria e gasta tudo em porcaria, não paga nada da casa, ele disse que como a casa é minha eu que pague as contas.

Pierrette concordou com a amiga, já conhecia de velho essa história do pai de Morgana ser meio frustrado por ela ter construído uma casa boa com o dinheiro que juntou quando trabalhava, e por depois ter herdado todo dinheiro e os imóveis da mãe, que se casara com ele com completa separação de bens. O pior que na maioria das vezes, Seu Waldomiro gastava mais do que ganhava, o que não era pouco, e ainda tinha ataques de fúria para Morgana pagar as contas dele.

Nessa hora, Pierrette ficava feliz de não ter ninguém, e também nem queria ter. Enterrou a família toda, não casou porque a pessoa certa tinha ficado muito tempo lá atrás no seu passado e nunca mais "tocou o sino", como ela dizia, por ninguém. Vivia de todas as heranças que recebeu e dava consultorias em diversas empresas de convênios médicos, sua especialidade, mas nada fixo. Às vezes trabalhava um ano sem folga nenhuma; outras vezes ficava seis ou sete meses parada. Como o que recebia de fixo era mais do que suficiente para viver muito bem, usava o dinheiro desses trabalhos para seus luxos, como os carros e as viagens.

— Mas agora vamos voltar aos seus simpáticos vizinhos, Morgana!

— Eu, hein... Bom, a velha anda sempre de vestido comprido ou tailleur, nenhuma mulher usa calça comprida, e os rapazes já andam de terno. Não deve existir um jeans naquela casa... Só o Marcos, às vezes, usa quando os velhos viajam, e o Juan eu vi tirar a calça de tergal no ponto do ônibus uma vez e estava de bermuda por baixo.

— Quem é o Juan?

— É um dos filhos que moram com eles. Tem dezessete anos. Ele morava aí até quinze dias atrás, de repente, tiraram ele do colégio aqui perto e despacharam-o para um dos tais colégios deles, nos Estados Unidos.

— Nossa, mas o ano mal começou, trocaram ele de escola assim?

— Pois é, papai falou que escutou uma brigarada feia aí do lado, e o menino saiu de bicicleta chorando. Ele era meio rebelde com os tais costumes da família, queria ser uma pessoa normal. Tinha amigos que tinham uma banda.

— Sei...

Pierrette lembrou da gravidez de Ludimila. Seria isso?

— Eles estavam felizes com a Ludimila?

— Olha, tudo indicava que sim, estavam meio orgulhosos por terem convertido a moça. Ela fazia todo um personagem para trabalhar aí, parecia uma freira sem hábito.

— Bom, então tem o pai...

— Seu Celso, parafraseando o Macaco Simão, parece em tudo com um picolé de chuchu.

— Já o vi.

— Pois é, na cara e no maneirismo. Tudo indica que é fachada, mas também pode ser o lobo em pele de cordeiro. A pior é a mãe, a tal Gilda. Fala pelos cotovelos, quer impor as ideias deles, fala da virtude das filhas e dos casais da tal VHP e trata todo o resto do mundo como pecadores que irão direto para os oito círculos do inferno. Papai chama ela de "Papa Hóstia", acho esse termo perfeito... É aquele povo que reza, reza, se acha cheio de virtudes e muito superior aos outros, confessa comunga, usa saia – eles não têm televisão, você acredita? — e tramam vinganças e planos mirabolantes para ficarem com o dinheiro dos outros, além de fazerem umas falcatruas judiciais também para arrancarem algum dinheiro. Ela é fútil, tem aquela cara de cabra balindo, com aqueles cachinhos grisalhos, a bengala e os sapatos cafonas. Acredita que ela se deu ao desplante de me dizer que eu precisava parar de me expor na piscina, como uma concubina de Heródes, porque além de biquíni ser coisa do diabo, eu era gorda? Será que ela não vê o tamanho da barriga dela, parece que tá grávida até hoje dos oito filhos?

— Morgana, se ela tivesse sido assassinada, você seria minha suspeita número um...

A morena de formas generosas deu risada. A ascendência árabe dera-lhe lindos olhos negros amendoados e uma pele muito clara. Os cabelos brilhantes ainda eram naturalmente negros, apesar de já estar chegando aos quarenta, sem tinta, de um cacheado suave natural. Vestia-se bem, estava sempre alegre e de bem com a vida. Tinha um namorado que possuía um alto cargo político na prefeitura do município e que arranjava uns trabalhos temporários para ela, que era formada em direito e administração, relaxar um pouco e se divertir.

— E o outro filho? — Perguntou Pierrette.

— Esse é um completo dominado pelas ideias deles. A Ludimila falou que ele tem uma foto no quarto dele do Chê Guevara, que usa com alvo de dardos. De vez em quando ele troca pelo do João Paulo II.

— Que absurdo...

— É, eles criticavam muito o antigo Papa por ser reformista. O menino parece o MAD, alto, magro, desengonçado, opa! Ruivo e sardento! Podia ser seu filho, Piera!

— Eu hein... Sai da minha aba, como diz a Dodô. Como chama o terroristinha?

— Anselmo. E se veste como um funcionário público dos anos 60. Calça de tergal, sapato Vulcabrás, camisa de manga comprida com camiseta por baixo, sempre lisa. Anda com uma pasta de cobrador de impostos dos anos 60 também. Não fala com ninguém, nunca sorri e acho que nunca tomou sol ou fez qualquer esporte na vida. Não me admiraria se um dia ele levasse uma metralhadora em algum lugar e matasse todo mundo. Ainda bem que eles não têm videogame!

— E a menina?

— Uma tonta. O maior orgulho dela e da mãe é ela ser catequista, ter casado virgem e ser a primeira da turma na escola. Não adiantou muito, porque não vai mais estudar, agora que tem filha pequena.

— Quantos anos ela tem?

— Dezenove. Casou-se com dezoito. Aliás, o Anselmo também tem dezenove.

— São gêmeos?

— Não. Nascia um a tal Gilda engravidava de novo, os dois nasceram em menos de um ano, um em fevereiro outro em abril.

A Gilda se orgulha de não ter nenhum filho nascido em outubro e novembro, prova que sempre respeitou a quaresma. E ela fala isso para todo mundo. Eu sou carola, mas aqueles ali, sei lá de onde saíram, Nossa Senhora da Abadia!

— E o tal Marcos?

— Super gente fina, divertido e de bem com a vida. Trabalhava de escriturário em um banco, era amigo de um dos filhos da Gilda que mora em outro país, conheceu a Matilda e se casaram, mas antes ele teve que aceitar as regras da tal sociedade. Acho que ele aceitou só para se casar com ela. Agora já está estagiando em um escritório de direito.

— Sei… Você acha que ele matou a Ludimila?

— Não. Digo até que tenho certeza que não. Mas não duvido até que ele confesse o crime.

— Como assim?

— Caso não descobriram mais nada, ele vai ser o bode expiatório da família perfeita. Vão dar um jeito de incriminar ele.

— Deus, e a mulher dele?

— Faz qualquer coisa que a família mandar. Credo.

— Mas não é fácil enganar a polícia hoje em dia.

— Eles devem ter gente da tal sociedade dentro da polícia.

— É tão grande assim esse bando de doido?

— Não. Mas sempre tem um aqui e ali que eu acho que eles formam para isso, o Juan falou uma vez, meio com nojo, para a Deucimar.

Pierrette lembrou-se de podar as palmeiras, não estava na hora, mas sempre tinha alguma folha mais velha. Ia descobrir que dia a Deucimar ia varrer a rua. Ela devia saber alguma coisa.

— Você sabe se tem mais alguém da tal VHP aqui no condomínio?

— Ter, não tem. Eles vieram para cá porque herdaram o casarão aí do lado e "queriam realizar o último desejo da Dona Cotinha de viverem aqui e deixarem tudo exatamente como ela gostava". Leia-se, era uma tremenda de uma casa muito boa e uma porta para novas perspectivas da tal VHP. Já andaram fazendo a cabeça de um casal de velhinho da rua de trás e da Dona Carmem, que tem aquele filho de quarenta anos com Síndrome de Down, e moram lá perto das quadras. Ela tem medo de morrer e ninguém cuidar do rapaz, que tem uma boa pensão do pai que morreu. Prato cheio para essa gente. Mas tudo café pequeno, nenhum poderoso que mande alguma coisa em algum lugar. Já fizeram chá aí do lado pra receber eles, convidam para almoçar no domingo, levam de carro para cima e para baixo e parece que já estão até frequentando as missas deles.

— São católicos?

— São, mas de uma ala super conservadora, que não é bem vista nem pela própria Igreja, dado o fanatismo e extremismo. Por isso o alvo dos dardos ser o João Paulo II. Eles soltaram até rojões quando elegeram o Bento XVI.

— Do que você quer a pizza, Pierrette? — perguntou Seu Waldomiro chegando com o telefone sem fio na mão, tentando enxergar os números do aparelho sem óculos, com a cara toda franzida.

Pierrette olhou rápido para Morgana e ela respondeu:

— Ah, ela estava falando que gosta de quatro queijos!

— Boa pedida, é a minha predileta! Não consigo entender esse número...

— Pegue a lupa na mesa da sala de TV, papai.

— Eu não preciso disso! É só a luz dessa sala que é muito escura.

E foi de volta para a outra sala. As duas olharam uma para outra e riram.

— Quatro queijos, Morgana?

— Pois é, eu adoro, mas ele pede meia quatro queijos e meia aliche, que ele sabe que eu detesto. Aí ele come a quatro queijos e sobra a aliche, que ele esconde no armário para comer depois e eu fico com uma fatiazinha só de pizza. Deus é Pai!

— Pior que se contar ninguém acredita.

— Pois é, nem perco meu tempo. O povo da minha família mesmo olha com uma cara de espanto se eu comento alguma coisa e eu que saio com cara de mau na história. Ninguém acredita que ele é assim, sempre simpático, atencioso. Mas vai morar junto para ver!

Seu Waldomiro voltou.

— Pizza e Coca Zero encomendados pra a moça mais bonita do condomínio!

— Obrigada, Seu Waldomiro, deixa as bonitas saberem disso – disse Pierrette.

Pouco depois a pizza chegou. Conversaram banalidades durante o jantar, depois Pierrette foi ajudar Morgana a lavar os pratos.

CAPÍTULO 7

Na manhã seguinte, Pierrette desceu as escadas de sua casa e encontrou Dodô já servindo pão e café para o Paulo.

— Bom dia, Paulo!

— Bom dia, Dona Pierrette. Resolveu mudar o jardim?

— Não, só bobeirinha. Eu queria pôr umas lâmpadas verdes embaixo das palmeiras que ficam grudadas aqui no fundo. Fui em uma festa, tinham feito isso e eu gostei.

— Ah, é fácil. Só puxar um conduíte e pôr as lâmpadas. Eu faço isso quando vier semana que vem. Vou medir e deixo escrito quanto de fio, lâmpada, conduíte e fita isolante que precisa. Vai ligar sozinho ou com o resto todo?

— Sozinho, aí se eu quiser ficar só aqui perto, não fica tudo aceso.

— Vai ficar bom. Vou pedir adubo também.

— Ok. Você viu a bagunça aqui do lado?

— Eu tava trabalhando em outro condomínio, fiquei sabendo ontem quando vim aqui podar o jardim da Daniela. Mataram a menina que trabalhava aqui perto, não é?

— Isso. Preciso que você me ajude com uma coisa.

— Que foi, Dona Pierrette?

— Eu sou mulher e não posso fazer esse tipo de perguntas por aí. Todo mundo fala que ela era meio safadinha, que dava bola para todo mundo. Com certeza, se ela fosse assim, ela deu bola para você ou para algum funcionário que você conhece!

Paulo deu risada.

— Nossa, Dona Pierrette, que a senhora pensa de mim?

— Eu não penso nada, você que vive aí de rabo de saia com as empregadas, as meninas da faxina, até algumas patroas, né, Paulo?

— Eu não!

Falou dando uma risada que confirmava que era tudo verdade. Não era bonito, mas sabia conversar com as meninas. Era trabalhador e já tinha tido quatro mulheres diferentes. Tinha uma moradora do condomínio, viúva, que vivia para cima e para baixo com ele de motorista.

— Pra mim ela não deu bola não. E a bola que ela dava não era nada do que diziam. Ela era uma menina legal. Quando os patrões doidos dela não estavam, dava café pra gente, que a gente ou o seu Marcos comprava. Ele é muito gente fina.

— Tá... Então era só café o negócio dela?

— Bom... Já que a senhora que tá perguntando, então eu vou falar. Ela dizia pros meninos, aqueles que queriam outra coisa, que ou eram lindos ou só pagando. Não sei até que ponto era brincadeira até que ponto era verdade.

— Você não conhece nenhum lindo ou que disse que pagou?

— Um só que me disse que ofereceu cem conto e ela riu, dizendo que não era daquelas da rodoviária. Mas podia ser que ela tivesse só tirando barato.

— E lindo?

— Sabe aquele segurança negão, grandão, careca, dois de altura por dois de largura?

— Sei, que faz a ronda do dia.

— É, esse parece que ela deu umas investidas nele e ele saiu fora por causa do emprego. Aí ela ficou falando pro povo que ele é boiola.

Pierrette riu.

— Eu adoro essas histórias! Obrigada, Paulo. Deixe a lista com a Dodô, com medida e tudo, que eu compro no fim de semana.

— Tá bom, Dona Pierrette, obrigado pelo café.

— Venha sempre que quiser.

Pierrette foi para o jardim de inverno.

Seria brincadeira da Ludimila ou a história de pagar era verdade? O menino do vizinho não era lindo. Nem Seu Waldomiro. Uma ruga surgiu na testa dela. Morgana já havia comentado que achava que mais dia, menos dia, alguém ia bater na porta da casa dela dizendo que era irmão dela. Ela sabia que o velho era saidinho com a mulherada. Ele trabalhava viajando para diversos lugares, às vezes fica um mês fora, a mãe dela reclamava que ele não dava notícias e nem dizia direito onde estava. Uma vez ela foi pegar uma mala que ele tinha usado e encontrou um panfleto de boates de strip de um arrabalde com algumas grifadas. Não comentou nada para não contrariar a mãe, que ainda estava viva, mas já tinha visto o velho se assanhando por aí.

Resolveu tirar aquilo da cabeça, por enquanto. Pegou o telefone e ligou para a administração do condomínio. Pediu para falar com o também Paulo do financeiro.

— Fala, Piera!

— Oi. Paulo! Tudo bem?

— Fora essa confusão que botou a gente doido, tudo.

— Por isso que estou te ligando. Preciso um favorzinho seu.

— Claro, o que você quer?

— É uma coisa meio irregular. Mas acho que você consegue dar um jeitinho.

— Diga lá que eu vejo se posso ou não fazer.

— Você conseguiria que eu visse as imagens da câmera do 560?

— Ih, todo mundo aqui já fez isso e ninguém viu nada, só o chão. A polícia também pediu cópia, mas não tem cópia, o acesso é pela internet, fica em um provedor externo e, para seu controle, qualquer morador pode ter acesso!

— Nossa, nunca soube. Como eu faço?

— Entre no site da empresa de segurança, crie uma senha, use como login o seu endereço e número da casa tudo junto, já é pré autorizado. Vai abrir um menu com todas as câmeras, menos as daqui da administração. Os últimos três meses de imagens estão gravados lá, só escolher a câmera da sua rua 560. Só tem outra aqui embaixo, onde o condomínio divide com o outro pelo córrego, ali sim tem um monte, mas a maioria na rua transversal. Essa câmera aí é só pra ver se o povo não faz a curva a milhão. Te mando o site pelo e-mail.

— É, eu sei. Obrigada, Paulo.

— Não tem de quê e se precisar de algo ilícito só telefonar.

Pierrette riu e desligou o telefone. O funcionário da administração vivia jogando charme para ela. Morava na rua de trás, perto da pracinha do lixo reciclável, até que era bonitinho, mas tinha dez anos a menos que Pierrete, o que ele não devia saber.

Resolveu que seria melhor usar a manhã para fazer telefonemas e descobrir como falar com quem precisava. Iria ver a tal câmera mais tarde.

Pegou o iPad, entrou no site da Vivo, digitou o endereço da Angelita e descobriu o telefone da vizinha. Olhou o relógio. Nove e meia. Angelita sai com a van da família ao meio dia para ir buscar as crianças. Se tivesse alguma coisa para fazer, saía mais cedo, às vezes nem voltava quando ia levá-las de manhã. Sempre tinha uma criança com médico marcado, exames, compras. Também, com quatro crianças. Ligou para a casa da Angelita.

— Alô – respondeu uma voz que não era dela.

— Bom dia, é da casa da Angelita? — perguntou Pierrette.

— É sim, mas ela não tá não.

— Ah, que pena, sem problemas. Você é a Jandira?

— Sou eu sim.

— Oi, Jandira, é a Pierrette aqui da rua paralela à rua de vocês.

— Ah, eu sei quem é a senhora. A ruiva bonita do cachorrão preto!

— Obrigada pelo bonita, Jandira. Eu ia incomodar a Angelita, mas ela já é tão ocupada, e eu ia pedir para falar com você!

— Comigo?

— É, você mora aqui perto do condomínio, não é?

— É... Mais ou menos... Na Vila Nazaré.

— Negócio é o seguinte, eu sei que você tem um monte de amigas que trabalha aqui, a Dorotéia mora mais longe e não conhece ninguém lá do bairro dela direito, e ela vai tirar férias, normalmente tira quando eu viajo, mas como esse ano vou viajar mais tarde e ela já tinha compromisso, então irei precisar de alguém para ficar aqui comigo uns quinze, vinte dias. Eu pago o salário normal, sou só eu na casa, e o serviço é tranquilo. Se você tiver alguma amiga que possa vir trabalhar para mim ou pelo menos quebrar um galho nesse período, seria ótimo.

— Ih, Dona Pierrette, depois da última que eu arranjei, tô até com medo.

— O que aconteceu?

— Ué, a moça que mataram aí do lado, na casa da Família Adams!

Pierrette foi obrigada a dar uma gargalhada. O povo sai com cada uma. Mas a descrição era perfeita.

— Eu não ligo para isso não. Você acha que foi mesmo o tal Marcos que a matou?

— Só pode ter sido coisa daí ou da tal religião desse povo. Vai ver descobriram que ela andava de minissaia, top, ia na escola de samba... Mas era uma boa menina, senão eu nunca ia indicar para eles não.

— Por isso mesmo que resolvi confiar em você. Você tenta descobrir alguém lá do seu bairro? Eu sei que dá para vir com um ônibus só, e para pagar as férias da Dodô, mais o salário da outra menina e o vale transporte com mais de um ônibus por dia, fica pesado para mim.

— Acho que sei de uma menina sim, ela tá recebendo o seguro desemprego e ainda não achou outro, então dá para fazer um bico. Vou ver com ela e, também, se tem mais alguém. Vou arranjar uma bem legal para a senhora.

— Que bom! Obrigada, Jandira. Posso ligar para você amanhã?

— Liga sim, nesse horário eu to sempre mais calma, fazendo o almoço e amanhã tem a passadeira, o serviço fica mais tranquilo.

— Obrigada, Jandira! Você vai me quebrar um galhão.

Pierrette ficou até animada. Um assunto que ela achava difícil de conseguir, que era o acesso às imagens da câmera, era meio que público para os moradores e falar com a Jandira foi mais fácil ainda. Chamou a Dorotéia.

— Tô aqui, Dona Piera.

— Você vai tirar férias.

— É, daqui a dois meses quando a senhora viajar.

— É, você vai tirar essas férias e mais uma de uns quinze dias logo, logo.

— Ué, por quê?

— Eu pedi para a Jandira arrumar alguém do bairro para ficar no seu lugar por causa dessas suas férias inesperadas.

— Ih... Vai morrer gente aqui! Vai que ela arranja outra dessas facinhas...

— Eu vou escolher bem, Dodô.

— A senhora tá é querendo saber as fofocas lá do bairro da Ludimila, não é?

— Dorotéia! Você me surpreende! Será que eu estou virando uma detetive tão boa assim que você está aprendendo comigo?

Dodô riu divertida.

— A senhora não dá ponto sem nó. Mas olha, tira o cavalinho da chuva. O povo aí do lado...

— Da Família Adams?

— Tá vendo? Já sabe até o apelido deles.

— Eu tenho é medo de descobrir o meu.

Dorotéia ficou meio sem graça.

— Eu tenho apelido, Dodôzinha? — perguntou Pierrette com um sorriso torto, piscando os olhos.

— O povo é triste, Dona Pierrette...

Por um instante ela ficou apavorada. Depois que o termo "periguete" entrou no vocabulário do povo, seu nome estava lado a lado com ele.

— A senhora não fica braba não, se eu disser?

— Foi você que inventou, Dodô?

— DEUS ME LIVRE! Inventei nada não e não sei quem foi. Lembra aquela personagem da novela que tocava o Tica Tica Bum e ela ficava doidona?

— É, eu não vejo novela, mas sei quem é.

A semelhança entre as duas era enorme.

— A senhora é a Tica Tica Bum...

— AAAIIIIIIIIIHHHH!!! ADOREI, MENINA!!!

Pierrette levantou toda contente, batendo palmas, e deu um beijo na Dorotéia, que ficou rindo envergonhada, enquanto Boris pulava e latia.

— Se eu soubesse que a senhora ia gostar, já tinha contado antes.

— Eu acho isso divertido, esses nomes que o povo inventa. E ela é bonita, inteligente e divertida como eu!

— Só não tem mania de investigar tudo e pensar o pior de todo mundo, né, Dona Pierrette?

— Ah, mas isso é minha maior vantagem. Você sabe quanto isso me ajudou trabalhando de auditora e consultora de convênios? Os cursos de administração hospitalar, de técnica em medicina do trabalho e de biomédica ensinam muita coisa. Mas, meus livrinhos me ensinaram muito mais. Por isso no mercado da auditoria e consultoria, Pierrette Gobbo é única. A melhor.

— Eu não entendo nada disso não, mas pelo que já ouvi falar a senhora é fera nesse troço mesmo. Se quisesse ganhava uma fortuna.

— Já passei dessa fase, Dodô. Tenho bastante para fazer tudo que eu quero e de vez em quando, se pinta um desafio, aí eu topo. Do contrário fico em casa com minha funcionária predileta e meu cachorrinho fofinho.

Boris pulou de onde estava e veio todo rebolante e faceiro receber uns agrados.

— Então é isso, Dodô, vou falar com as meninas que ela mandar e, se precisar, você ganha umas férias extras. Você merece!

— Olha lá com quem a senhora se mete, não quero chegar aqui e encontrar a senhora estripada.

— Fica tranquila que eu me cuido. E sempre penso o pior de todo mundo, como você mesma disse. Difícil me pegar de calça curta.

— Tá bem. Mas eu avisei, hein?

— Obrigada, Dodô.

Dodô voltou para cozinha e Pierrette procurou o Tica Tica Bum no iPad. Colocou e ficou ouvindo, saltitante. Depois parou, mas deixou a música rolando, e voltou aos afazeres de Poirrete Gobbo, como a chamou Morgana.

Sua última tarefa era descobrir alguém na polícia técnica que fosse conhecido. Segundo uma amiga, era mais fácil do que se pensa achar alguém conhecido em algum lugar, caso pertençam mais ou menos ao mesmo meio social ou profissional. Não é coincidência, é concentração de renda. Hora de tentar comprovar isso.

Não foi simples. Pierrette primeiro pesquisou toda polícia técnica. Só apareciam nomes de diretores. Olhou as reportagens que estavam surgindo sobre o caso, leu todas, somente três ou quatro nomes que ela não conhecia. Também nada de novo.

Haviam liberado o Marcos, mas a imprensa estava crucificando-o. Sentiu certa tendenciosidade da polícia e dos promotores em empurrar a culpa dele para o povo, para resolver o caso rápido. Ela pressentia que ele não era culpado de jeito nenhum, apesar da teoria que a solução mais simples era sempre a mais correta. Em última análise, ele estava sozinho na casa com a Ludimila, aparentemente ninguém entrou, e a empregada foi degolada. O que contava mais a seu favor é que ninguém ia fazer isso, caso houvesse planejado, e daria um jeito de sumir dali ou sumir com a Ludimila se tivesse feito no calor do momento.

Dificilmente chamaria a polícia. Será que o filho da Ludimila era dele? Se não fosse, seria mais fácil se livrar, mas o exame de DNA levava dez dias.

Voltou a se concentrar na pesquisa e nada. Estava quase desistindo quando viu um vídeo de uma matéria sobre o assunto. A repórter era Natália, filha de sua amiga do pilates. Pierrette deu um urro de felicidade, o Boris veio correndo e ela dançou o Tica Tica Bum com ele.

CAPÍTULO 8

— Boa tarde, Kiki!
Pierrette cumprimentou a recepcionista do estúdio de pilates.
— Boa tarde, Piera! Estávamos sentindo sua falta.
— Mas eu só faltei segunda-feira!
— Você nunca falta!
— Eu estava meio torta do fim de semana. Fiz uma trilha de 25 quilômetros.
— Ah, então está perdoado!
— Ufa, me livrei da bronca!
Pierrette entrou na sala e buscou Ivete, a mãe da Natália. Ela estava lá no cantinho, perto da parede. Foi sentar-se no colchãzinho do lado dela, até começar a aula.
— Oi, menina!
— Pierrette Gobbo, linda, como você vai?
— Tô joia. Vi o sucesso da Natália nas reportagens da TV.
— Ah, minha menina é de ouro!
— Ela está de plantão lá na polícia técnica, foi uma reportagem só ou ela que está acompanhando o caso?
— É mesmo, Piera, foi no seu condomínio!

— Pior, na minha rua, a três casas da minha!

— Nossa! Que susto. Você acha que consegue contar alguma novidade pra Nat? Ela está cobrindo o caso sim, meio de plantão no DHPP e na polícia Técnica.

— Será que ela consegue falar comigo?

— Amanhã, se nada de mirabolante acontecer, ela vai ficar meio de folga, porque já está sem dormir direito desde que a coisa aconteceu. Você vem na aula?

— Venho sim.

— Então ou eu trago a Nat ou você vai comigo lá em casa depois, a gente come uma fruta e você conta tudo que sabe para ela, quem sabe você não tem um furo de reportagem e minha menina ganha o Pullitzer?

— Ah, mas ai eu ia querer meus 10%!

— Você não dá ponto sem nó.

A aula começou e o fôlego para conversas terminou.

Terminada a aula, Pierrette pegou seu minúsculo Fiat 500 vermelho e voltou para casa. Gostava de usar o carrinho quando ia a lugares onde estacionar podia ser problema, a avenida em frente ao estúdio de pilates era difícil de parar e o estacionamento já estava pequeno para os alunos.

Voltou para casa e enfiou o vermelhinho, como chamava a Dorotéia, no vão atrás do Opala 4100 prata lunar metálico 74, seu primeiro carro e de toda estimação. Como a cor lembrava ligeiramente azul, Dodô o chamava de azul.

Entrou e foi recepcionada por um Boris choramingando de saudades. Resolveu que antes de tomar banho, ia dar uma volta com ele, assim já ficava resolvido e ela podia terminar o dia sossegada. Dorotéia já tinha ido embora.

Depois da tradicional cena da coleira do Boris, saiu com ele e resolveu dar a volta pela parte baixa do condomínio, passando pela casa dos Ribeiro.

Ninguém a vista na casa da Morgana, mas percebeu que a cortina se moveu. Seu Waldomiro devia estar lá vigiando a rua. O carro da Morgana não estava.

Diminuiu o passo na frente do casarão dos Ribeiro. Estava tudo fechado. Só um carro, que eles pouco usavam, na garagem. Tinham diversos carros impecáveis, mas todo já com uns sete anos ou mais. Pierrette sabia disso porque uma vez ficou vidrada em um Dodge Charger 72 branco com teto de vinil preto, que estava com menos de sessenta mil quilômetros rodados, mas eles queriam uma fortuna e o documento estava todo enrolado.

As más línguas diziam que era ou de gente que eles tinham "ajudado" e ficaram com a herança, ou de gente que eles tinham tomado como pagamento de imóveis que eles construíam e nunca entregavam, mudavam a firma de nome e aplicavam o golpe outra vez. Quando o carro estava novo, apesar da idade, pegavam para eles. Pelo que viu da documentação do carro, era verdade.

O grande "Casarão", como era chamado no condomínio por sua arquitetura estilo Ouro Preto, branco, dois andares, com grandes janelas em arco azul royal em molduras de granito cinza rústico, era bonito.

Na frente, à esquerda, do lado da casa de Morgana, um pequeno jardim de rosas, gramado. No meio, uma escada larga de degraus também em granito cinza rústico, circundada por guarda-corpos de pilares brancos, com pedras do mesmo granito em cima e dois enormes vasos estilo taça italiana com heras caindo e gerânios vermelhos. A direita ficava a garagem coberta para quatro carros, dois na frente e dois atrás, distante da rua uns seis metros, bem onde a curva voltava a deixar a rua no curso normal. Morava tanta gente ali que punham os carros nesse recuo também. No fundo da garagem, como na casa de Pierrette, um portão levava para o jardim do fundo e as partes de serviço da casa.

No muro que separava o Casarão do 560, estava a câmera, dessa vez na posição correta, vigiando a curva. O 560 era a casa onde morava o garoto que seu Waldomiro implicava e ficava vigiando. Devia ser isso que ele estava fazendo agora. Pierrette pouco sabia deles.

Coincidentemente, micos estavam vindo pelo muro. Pierrette mandou o Boris sentar e distraiu-o para não assustar os símios. Era final da tarde, a hora que os micos habitualmente cruzavam as casas pelos muros, indo para a mata do outro lado, onde deviam morar. Um a um, pularam do muro para a câmera e da câmera para o galho da árvore. Num determinado momento um se distraiu e três micos chegaram a ficar empoleirados na câmera, que resistiu bem ao peso deles juntos. A família de sete micos seguiu seu caminho, aos gritinhos e pulando. Passaram pela árvore, subiram no cabo do telefone, atravessaram a rua, pularam em outra árvore do outro lado e foram pelo muro de divisa do pátio de manutenção com uma pracinha.

Esses eram os vizinhos da frente do Casarão, de Morgana, da casa com enorme terreno do lado de Pierrette e dela mesma. O pátio de manutenção era fechado com uma cerca viva espessa. Ninguém dali poderia ter visto nada. E é obvio que ninguém iria entrar na casa dos Ribeiro com gente na praça, se estivesse a fim de cometer um crime.O fundo da praça era um grande muro de arrimo, impossibilitando a passagem para outra rua.

As casas depois da praça estavam longe e a rua começava a fazer uma descida meio forte. Também não avistavam o casarão. No número 620, vizinho do 560, havia a área de lazer da casa seguinte, que comprou o terreno para fazer piscina, quadra, pomar e horta, distanciando tudo do casarão e impossibilitando a visão do mesmo por causa da descida da rua.Somente Pierrette, a casa que fica ao seu lado, que os vizinhos saiam cedo e voltavam tarde, Morgana e o vizinho do 560 poderiam ter visto alguém entrando pela frente do casarão. A outra testemunha seria somente a câmera.

Pierrette suspirou, continuou seu passeio com Boris, voltou pela rua de trás. Na rua de trás, o vizinho do fundo do casarão eram um pequeno sobrado com muro muito alto no fundo, meio de arrimo, para sustentar o desnível do terreno, mais de quatro metros de altura.

Em seguida vinha a casa de Angelita, que tinha um terreno mais largo em trapézio, com a frente curva de pouco mais de quinze metros e o fundo de cinquenta, chegando a fazer dois metros de divisa com os fundos da casa de Pierrette. Ela sempre achou estranho o grande terreno ser quase todo coberto de piso, somente alguns pequenos canteiros e quase nenhum verde.

A casa de Morgana mal fazia fundos com a de Angelita, como seu terreno era em cunha, tinha no máximo cinco metros de divisa. A maior parte do muro era divisa com o casarão e com os vizinhos de Pierrete, aqueles que tinham o terreno grande.Dava para ver um emaranhado denso de alpínias, que apareciam dois metros acima do muro, numa touceira que deveria ser gigante, e tomar todo o fundo do casarão.

Pierrette percebeu o movimento agitado dentro da casa, crianças correndo, Angelita gritando.

Seguiu caminho e parou para sentar-se um pouco na pracinha que escondia os tambores do lixo reciclável. Aproveitou e soltou um pouco a coleira do Boris, que rodou por ali, cheirou, cheirou e foi sentar-se ao seu lado. Com o calor forte do dia, parecia que vinha uma tempestade. Achou melhor ir direto para casa. Provavelmente iria faltar luz e ela perderia seus seriados da TV.

Chegou em casa, soltou Boris, comeu uma banana. A chuva começou e a luz acabou. Paciência. Muniu-se da sua Coca Zero e pegou o laptop. Encaixou o modem da internet móvel e conectou. Abriu o e-mail, pegou o endereço eletrônico que o Paulo da administração havia enviado, cadastrou sua casa, criou a senha e acessou o site. Escolheu a câmera de sua rua. Pediu para ver a data mais antiga disponível, três meses antes.

Sentou-se mais fundo no sofá, cruzou as pernas, como de costume, pegou uma almofada e colocou-a em cima das pernas e apoiou o laptop. Selecionou uma velocidade mais rápida. Começou a assistir ao vídeo de segurança.

Uma hora depois já havia assistido metade dos três meses de gravação. Havia percebido que a câmera era ajustada a cada quinze dias, mais ou menos. Quando a ajustavam, ela mostrava claramente parte da lateral do jardim da frente e da garagem de Pierrete, a curva toda e a frente da casa do seu vizinho, de Morgana e do casarão. De tempos em tempos, sempre no final da tarde, a câmera dava umas trepidadas e, eventualmente, uma pata, um rabo e até mesmo uma cara de um mico ela chegou a ver. Lentamente, cada dia que passava, a câmera baixava um pouco. Depois de quinze dias, ela mostrava somente metade da frente do casarão e muito da calçada e do asfalto da rua.

Mais quinze dias de gravação e arrumaram novamente a posição da câmera. Quatro dias depois, duas pontas de dedos, indiscutivelmente humanos, apareceram na borda superior da imagem e a câmera foi baixada, mais do que normalmente acontecia, mostrando somente a calçada, a guia e meio metro de asfalto. Não se avistava mais nada da frente de casa nenhuma.

Pierrette estava de olhos arregalados. Seu Waldomiro tinha razão. Alguém em cima do muro baixara a câmera um mês antes do crime.

Diminuiu a velocidade de reprodução. A câmera ficou naquela posição por quarenta e oito horas, mais ou menos, somente dois dias depois ela viu um funcionário da manutenção em uma escada, com um rádio, reposicionando a filmadora. Por dez dias ela ficou assim, já não dava mais para ver metade da frente da casa de Morgana, quando, subitamente, dessa vez sem nenhum dedo aparecendo, a câmera baixou. Três dias depois, o mesmo funcionário com o rádio a reposicionou.

Pierrette baixou a velocidade de reprodução ainda mais. Ela entendia que ninguém ficava vendo aquela imagem direto em uma sala de monitoramento de segurança. Isso acontecia com as câmeras externas do condomínio e com as dos muros de divisa, praças e áreas de laser. Aquela somente era uma filmadora que usavam sua imagem para multar infratores de velocidade, quando alguém reclamava, e havia melhorado muito os problemas com apressadinhos na curva, que a faziam muito rápido.

Agora ela estava a quinze dias do crime. A câmera, dessa vez, desceu na velocidade da passagem dos micos. Não chegou a desaparecer completamente a casa do seu vizinho, era possível ver toda casa de Morgana e o casarão quando a puseram novamente no lugar, na segunda-feira de manhã.

Por volta de duas horas da tarde da segunda-feira, uma ponta meio metálica, meio preta, rapidamente passou pelo canto direito da lente e a câmera baixou totalmente, mostrando somente a calçada, a guia e meio metro de asfalto. Uma pequena ponta de um calçado preto qualquer e vendo-se somente um ou dois centímetros era impossível dizer se era sapato ou tênis, de homem ou de mulher, saiu do campo de visão. Pierrette reviu a cena em slow motion e velocidade normal umas dez vezes. Nada podia ser visto, a não ser a rua sem movimento algum, a tal haste e a ponta do calçado. De repente deu um berro. Boris assustou-se. Ela pegou uma lanterna, correu para cozinha, foi até o fundo da dispensa e olhou a ponta do rodo. Havia descoberto o que era a haste misteriosa.

Orgulhosa, bebeu uma Coca Zero para comemorar. Dançou o tica tica bum, seu novo hino, e voltou para sala de TV. Sentou-se, respirou fundo e assistiu as próximas vinte e quatro horas de asfalto. Às vezes um veículo passava junto a guia. Uma vez ela até achou que um carro branco ia subir na mesma, de tão colado que passou. Conseguiu até identificar que era um Gol. Anoiteceu e a câmera trepidou. Os micos deviam estar passando. Alguém estacionou um carro preto na frente da casa 560, por volta de oito da noite e saiu às onze horas. De madrugada, um segurança parou a moto embaixo da câmera, para falar no rádio, e ficou olhando para câmera. Era o Antônio. Perto da hora de amanhecer,

Pierrete percebeu a sombra de inúmeros carros passando pelo outro lado da rua, indo em direção à portaria. O fluxo diminui por volta de sete da manhã. Ao meio dia, certo número de carros passou por baixo da filmadora, mas a posição do sol não permitia mais ver a sombra dos que passavam do outro lado. Uma e meia da tarde, quase nenhum carro passava. Às duas horas, menos ainda. Exatamente nesse horário, duas da tarde, o mesmo horário em que a câmera foi baixada na véspera, uma sombra apareceu e desapareceu bem no canto superior esquerdo do monitor, numa fração de segundos. Imperceptível em velocidade normal, só era visto na slow motion e um único quadro. Pierrette reviu a cena cinco ou seis vezes. Então, deu outro grito. Era a lateral de um sapato cafona de mulher, com fivela prateada, salto baixo e bico redondo, pequeno.

Eufórica, viu a cena novamente e quando ia dar um print screw, para salvar a imagem, a bateria do laptop acabou. Pierrete estava arfando na total escuridão.

CAPÍTULO 9

Na manhã seguinte, por volta de nove da manhã, Pierrette continuava sem luz. Como era sábado, Dorotéia não trabalhava. Será que a Jandira trabalhava, ou tinha esquecido que era sábado? Achava que não. Provavelmente, Jandira trabalhava sim até às duas da tarde, com o movimento da casa de Angelita.

Era melhor Pierrette apressar-se, pois a aula de pilates de sábado era às 10 horas. Deu um adeuzinho para o Boris, que estava amontoado ao lado da porta da sala de almoço, olhando para cima com a cabeça entre as patas, sua posição predileta para fazer charme e ver se a dona levava-o junto ou ficava lá com ele.

— Boris, eu vou na academia e já volto! Fica ai bonzinho e tome conta da casa.

Trancou a porta da cozinha, que sempre deixava fechada, calçou a porta da sala de almoço com um peso para o vento não fechá-la e o Boris ficar preso dentro de casa, fechou a porta que ia da sala de TV para o escritório, que na verdade era um quinto quarto da casa e deixou transito livre para o Boris passear pelo jardim, sala de TV, jardim de inverno e até subir a escada para a salinha de cima, onde ela deixava todos os quartos e o banheiro fechados, senão o cachorro poderia molhar na chuva e ir deitar nos tapetes, ou pior, na sua cama.

Como era sábado e a academia ficava às moscas, o estacionamento estaria vazio. Resolveu sair com o seu carro mais novo, um Azera branco, que comprara no final do ano anterior, com o dinheiro que recebeu de uma consultoria, onde conseguiu baixar os custos de manutenção de uma empresa de convênio em 25% e aumentar a produtividade em 10%. O contrato previa que ela conseguisse uma melhora de 15%, mas na verdade conseguiu de 35%, assim, teve direito a 5% do valor extra de receita que a empresa recebeu durante seis meses, o que deu para comprar o carro e ir viajar no ano novo, sem mexer em suas rendas.

Chegou à academia em poucos minutos, estacionou com facilidade e acabou entrando na sala quinze minutos antes da aula.

Natália estava lá com sua mãe, Ivete.

— Oi, meninas!

— Oi, Piera!

— Piera, quanto tempo! — cumprimentou Natália. E aí, algum furo para mim?

— Menina, depende do que você chama de furo.

Entraram numa breve conversa sobre o Instituto de Perícias Criminalística, DHPP e delegacias em geral.

O que Natália contou de novidade para Pierrette era que a polícia achava que ninguém de fora tinha entrado na casa. Toda família Ribeiro estava fora na hora do crime. Gilda saíra depois do almoço. Celso estava nos Estados Unidos há quinze dias, tinha levado o garoto menor para um colégio da tal VHP no interior de Illinois.

A polícia estranhou essa mudança repentina, pois as passagens e tudo mais haviam sido feitas em quinze dias. A VHP intervira para apressar o visto de entrada que o garoto não tinha.

O filho mais velho estava na faculdade e a filha havia ido ao pediatra com o bebê. Somente o genro de Gilda, Marcos, estava na casa.

Segundo o depoimento dele, não saiu do quarto o dia todo, somente por volta de três horas da tarde resolveu beber um suco e como Ludimila não respondeu a seu chamado, desceu e encontrou o corpo da empregada na cozinha.

A polícia técnica não achou vestígios de ninguém estranho à família na cozinha. Ludimila foi encontrada de frente para a pia, de costas para a porta e não haviam sinais de luta, mas uma forte marca de dedos em seu rosto levantava a suspeita de que alguém havia entrado na cozinha sem ela perceber, ou ela não estranhou o fato da pessoa estar ali, tapado sua boca por trás, a dominado e rapidamente cortado sua garganta. A arma do crime não tinha sido encontrada.

As roupas de Marcos foram periciadas, bem como quase todas as roupas da casa que estavam usadas e nenhuma mostrou sangue. Exames no próprio Marcos não apresentaram nenhuma lesão ou sangue em seus braços, que deveria ter jorrado pelo menos na mão que cortou a garganta de Ludimila. O corte tinha sido da esquerda para direita, o que demonstrava que o assassino era canhoto. Marcos era destro. Por inclinações de corte e outras coisas que a polícia científica dispunha, foi determinado que pela pressão da faca, trajetória do corte, etc, não parecia ter sido um corte feito por um destro tentando parecer canhoto. Isso foi o trunfo para liberarem, provisoriamente, Marcos. A família Ribeiro havia saído na noite do dia seguinte ao crime, às pressas, da casa e se instalado em dois apartamentos que haviam herdado recentemente e estavam vagos.

Natália falou tudo isso objetivamente e com a concisão de uma excelente jornalista, o que não deixou dúvidas em Pierrette. Ela perguntou a Natália o que havia sido analisado da câmera.

Segundo Natália, a única coisa que a polícia havia averiguado, além da imagem da câmera da hora do crime, que não mostrava nada, era quem poderia ter abaixado a câmera, e por quê.

Parecia que um garoto da casa ao lado havia feito isso, mas ele jurava que tinha feito somente uma vez, pois era um final de semana e ele e os amigos queriam praticar skate, e se a câmera estivesse em posição, a segurança interna ia "chiar"; como a filmadora vira e mexe baixava por causa dos micos e levavam dias para reposicionar, ele acelerou o processo de decida dela.

Pierrette já havia visto os garotos andando naqueles skates gigantes na descida da rua.

A professora entrou na sala e começou a tortura. Quando terminaram, foram tomar um suco na lanchonete da academia e foi a vez de Pierrette falar.

— Nat, você sabe se eles viram uma imagem de fração de segundo que mostra um sapato preto indo em direção ao casarão, às duas horas da tarde?

— NÃO! — a bonita morena de cabelos longos e olhos amendoados, arregalou-os.

Pierrette quase riu da sua perfeita expressão de repórter que poderia ter achado alguma coisa interessante. Deu os detalhes de sua descoberta e prometeu enviar o print screen ainda no mesmo dia, assim que a internet voltasse a funcionar.

Depois de milhões de agradecimentos da Natália, e uma condenação por parte de Ivete, que reclamou que ela tinha acabado com o sossego do descanso de sua pobre filhinha, tentando esconder seu orgulho, Pierrette voltou para seu carro. Chegou ao condomínio e a luz havia voltado. Foi direto para o laptop, que parara exatamente na cena do sapato, deu o print screen e mandou a imagem para Natália. Foi telefonar para Jandira. Ela atendeu prontamente o telefone.

— Achei que era a senhora mesmo, Dona Pierrette. Consegui duas meninas, a senhora vê qual gosta mais. Uma já trabalhou muito em casa de família, mas está sem emprego. A outra que falei é a do seguro desemprego, que trabalha em firma, não sabe nada sobre tomar conta de casa, mas está precisando. A senhora vê qual acha melhor. Posso trazer as duas comigo quando vier na segunda-feira, mas também posso falar para elas virem de tarde e irem embora comigo.

— Eu acho melhor de tarde mesmo – respondeu Pierrette, apavorada com a ideia de levantar-se cedo.
— Então, segunda-feira eu levo as meninas aí.
— Nem sei como te agradecer, Jandira.
— Disponha, Dona Pierrette, precisando é só falar.
— Bom final de semana.
— Para a senhora também.

Nesse momento, Pierrette escutou a voz inconfundível, aguda, baixa, meio sem fôlego e fanha de Angelita perguntando para Jandira com quem ela estava falando. Deu também para ouvir Jandira começando a responder, meio assustada, meio na defensiva, que era com ela, então o telefone ficou mudo.

Pierrette enrugou a testa. Por que Angelita estaria brava? Tudo indicava que tinha escutado pelo menos parte da conversa. Enfim, não havia nada de mal no que haviam falado. Tirou o problema da cabeça e foi almoçar a salada com peito de peru que Dodô deixou.

No começo da tarde, decidiu ir dar uma volta com o Boris. Resolveu andar pelo outro lado e esquecer um pouco daquela história toda. Já tinha feito algumas descobertas, e provavelmente não descobriria mais nada, só o que a funcionária nova poderia contar de fofoca do bairro da Ludimila. Andou mais de cinco quilômetros pelas ruas que subiam e desciam. Voltou para casa pela sua rua, pela parte de baixo.

Quando ia chegando à praça, viu um movimento em frente ao 560. Um carro da polícia científica estava estacionado, uma faixa isolava um triângulo em frente ao muro, uma moto da segurança estava parada ali com Manuel a postos.

Uma escada estava colocada embaixo da câmera e lá no alto, um técnico da polícia científica usava um ponteiro infravermelho, esquadro e outras ferramentas.

Pierrette diminuiu o passo e parou ao lado de Manuel.
— Olá, Manuel. O que aconteceu?
— Chegaram agora a pouco, alguém deu a dica para o laboratório da polícia de alguma coisa que essa câmera viu e que ninguém tinha visto, pelo jeito, nem eles.
— Sei... E aquela dica que eu te dei?
— Pois é, eles examinaram a câmera naquele dia mesmo e o mais estranho foi que, no dia que puseram a câmera no lugar, limparam ela. Deveria ter impressão digital do menino que fez a manutenção e de quem abaixou ela. Tinha do colega que consertou ela e um monte de pata de mico, mas de mais ninguém. E tá na cara que ela não abaixou sozinha.
— É, eu percebi isso.
— Agora resolveram examinar de novo por causa de uma imagem que descobriram, mas não falaram nada o que é.

— Sei... Bom, bom fim de tarde, Manuel. Qualquer novidade dessa história me conta quando me encontrar.

— Pode deixar, Dona Pierrette.

Pierrette deu alguns passos em direção à sua casa, quando estava quase na frente da casa de Morgana, ouviu uma voz nas suas costas.

— Pierrita Hayworth! Não acredito que é você.

Fazia uns quinze anos que não ouvia seu apelido na faculdade de biomedicina, que haviam lhe dado numa festa em que apareceu com um tomara que caia longo, preto, e todo mundo a atormentou a noite toda, diziam que ela era Rita Hayworth.

Olhou para trás e lá estava Pacco Oliveira.

— Paquito, menino, quanto tempo! Que você está fazendo aqui?

— Investigando uma câmera, não me viu lá no alto?

— Ver eu vi umas pernas compridas, um jaleco branco, uma touca de cozinheira e um óculos de metalúrgico!

— É, era eu... Você nunca reparou muito em mim mesmo.

— Que maldade, Paquito! Toda menina reparava em você.

— É, era tanto que reparavam e depois iam embora e tô eu aqui, trabalhando sábado de tarde e nenhuma delas reclamando.

Pierrette riu. Ele continuava bonitão, com mais de um metro e noventa, atlético, topete negro alto, olhos muito azuis, queixo quadrado e muitas covinhas no rosto, mas sempre fora muito "galinha" e nenhuma menina o levava a sério.

— E você, Piera, o que faz por aqui? — perguntou, afagando o Boris que já estava pulando nele.

— Bom, eu moro aqui.

— Ah, entendi! Casou, encheu a casa de filho e mudou para cá.

— Não. Não casei, não tive filho e sou uma feliz solteira que mora com esse bicho lindo aqui.

— Hum... Bom saber!

— Você não se intera, né, Pacco? Bom, me conta o que está acontecendo com essa bendita câmera!

— Agora na hora do almoço uma repórter que trabalha com a gente ligou e mandou uma imagem dessa câmera. Aparentemente não ajuda em nada, é um sapato de mulher entrando na casa do crime. Pediram para eu vir determinar a trajetória que a mulher vinha e era do outro lado da rua, mas da frente da praça, não da parte de cima da rua. Não vai servir para muito. Se pelo menos soubessem de quem é o pé.

— É mesmo... Pierrette falou desligada, pois achava que podia descobrir.

— Bom, eu terminei por aqui...

— Como um biomédico vai parar numa área que pelo jeito pertence à engenharia ou sei lá o que, na polícia científica?

— Ah, a gente vai fazendo curso e aprendendo coisas das áreas dos outros. Aí quando a gente está bem sossegado de plantão sozinho, aparece um troço desses e vem a gente mesmo.
— Você está trabalhando lá na sede da polícia científica?
— Sim, mas agora já vou para casa...
— Legal, eu também tenho que correr porque vou numa festa agora de tarde – mentiu Pierrette.
— Ah, legal, a gente solteiro tem que agitar sábado de tarde. Eu não tenho nada para fazer.
— Bom, você pode estudar esse ângulo da câmera na sua casa – riu Pierrette.
— Você quer uma carona até sua casa?
— Obrigada, Paco, eu tenho que ir na casa de uma vizinha ainda, por isso estou com pressa.
— Ok. Bom te ver, Piera.
— Bom te ver também.
Pierrette deu um tchauzinho, entrou na casa da Morgana, olhou para trás, deu outro tchauzinho e tocou a campainha da amiga. Por sorte o carro dela estava lá. Imediatamente a porta abriu e Seu Waldomiro apareceu.
— Pierrette! Esse rapaz estava importunando você?
— Não, Seu Waldomiro, é um colega de faculdade que não via há muito tempo. Boa tarde!
— Ah, boa tarde, fiquei com medo dele estar te incomodando. Sabe como são esses policiais!
— Sei sim... — respondeu Pierrette que não sabia de nada – Morgana está?
— Lá na cozinha.
— Abre o jardinzinho para eu deixar o Boris? Não quero ir lá em casa agora, desculpe incomodar com ele.
— Nada, eu gosto muito dele, ele já me conhece.
Realmente o nada tímido Boris já estava pulando em Seu Waldomiro.
Seu Waldomiro abriu a porta lateral, Pierrette entrou com o Boris e encontrou Morgana na cozinha.
— Menina, desculpa surgir do nada com Boris e tudo, mas encontrei um colega da faculdade aí pendurado no poste...
— Como?
Pierrette riu e contou toda a história, explicando que não queria que ele fosse à casa dela.
— Bonitão?
— É sim...
— Poxa, nos meus postes não aparecem nada desse tipo...
— Ih, não perca seu tempo. Aquilo ali enrola, faz charme e não vai para lugar nenhum.

As duas ficaram rindo na cozinha.

Ao chegar em casa, tentou confirmar uma hipótese que surgiu em sua cabeça. Acessou às imagens da portaria de visitantes no horário de 13:30 do dia do crime. Viu carro a carro que entrou em câmera lenta até as 14:15 da tarde. Nada. Repetiu a operação na câmera da entrada de prestadores de serviço. De repente, deu outro grito, dançou o tica tica bum com o Boris e voou para o telefone.

— Natália? Pierrette. Outra bomba menina.

— Você está trabalhando pesado hein? Vou ter que dar comissão?

— Nada, leva os créditos e eu fico feliz.

— O que foi agora?

— Estou te mandando outro print screen, da câmera da portaria de entrada dos prestadores de serviço, horário de 13:58 do dia do crime. Você não vai ver nada, mas se olhar no reflexo do vidro do outro lado do carro, vai ver Gilda Ribeiro entrando no condomínio sentada no banco de trás de um carro. O mesmo carro saiu ás 14:10, e a tal Gilda foi embora nele mesmo.

CAPÍTULO 10

No domingo, Pierrette resolveu relaxar daquilo tudo e ir visitar sua tia avó que morava numa fazenda em uma cidade do interior, a duas horas de viagem.

Pegou sua Dodge RAM vermelha na garagem, deu um tchau para o Boris e seguiu pelas estradas. Fazia calor e ela ia com os vidros do carro abertos, ar condicionado na estrada nunca, preferia a brisa.

Pouco mais de uma hora e cinquenta minutos de viagem, entrou na pequena cidade do interior, encravada entre duas enormes cidades.

Em uma rua, do lado da igreja matriz, havia uma porteira no fim que a tornava sem saída. Abriu a porteira, entrou com a RAM, fechou a porteira e seguiu por uma alameda de quatrocentos metros de jabuticabeiras centenárias que faziam um túnel de sombra. Quantas jabuticabas ela não tinha comido ali e quantas geleias não viu fazer.

Em seguida, o túnel era substituído por uma ligeira subida de paralelepípedos, agora rodeada por palmeiras imperiais, também seculares e com mais de trinta metros de altura. No meio do caminho, uma pequena pracinha com chafariz, e no final, um grande casarão de nove janelas no andar de cima. Lembrava o casarão dos Ribeiro, mas era muito maior.

Deixou o carro embaixo de um caramanchão coberto por uma trepadeira de maracujá, destinado aos carros dos visitantes. A entrada de portas duplas da casa ficava no alto de uma escadaria dupla, uma à direita e outra à esquerda. A sede da fazenda de Tia Burghetinha, como era conhecida Maria Edinburgetina Morgado, era reproduzida em um livro de história das fazendas paulistas e tombada pelo Condefat. Uma maravilha.

No alto da escada, Conccetta a esperava. Conccetta era a governanta da casa há mais de trinta anos, sendo que antes tinha sido empregada por mais uns vinte. Tinha setenta anos, nascera numa das casas dos colonos da fazenda, que sua tia havia lhe dado, mas morava no casarão desde que Tia Burghetinha havia passado os noventa anos.

— Tia Conccetta!

— Minha Pequena, Média e Grande, você continua linda! Que bom que você veio! Hoje não veio ninguém para cá e Dona Burghetinha estava reclamando de almoçar sozinha.

O apelido dado a ela por Conccetta era resultado de suas iniciais PMG.

— Eu também não queria almoçar sozinha, então resolvi vir para cá.

— Tem bagagem?

— Não, só essa bolsa. Volto amanhã de manhã.

— Ah, que pena. Aliás, a tia está preocupada porque viu na TV que aconteceu um assassinato na sua rua!

— Ih, menina, nem fala. Mas é coisa interna, nada de ladrão, chacina, nada disso. Já estão apurando.

— É, agora de manhã prenderam a dona da casa no aeroporto, embarcando para os Estados Unidos.

— Não diga!

Pierrette levou um susto. Será que havia desvendado o crime? Queria ligar para Natália, mas agora ia ter que esperar. Controlou a ansiedade e entrou no largo hall com duas portas duplas de bandeira no alto, uma de cada lado. Virou à direita, passou por uma antessala toda com sofás medalhão de palinha, como se viam nas novelas de época do século retrasado. Passou por outra porta e chegou à sala de estar. Tia Burghetinha se levantou lépida da cadeira de balanço.

— Pierrette, minha sobrinha querida!

— Tia Burghetinha, estava com saudades!

— Faz mais de mês que você não aparece! Que bom que veio, eu ia almoçar só com a Conccetta.

— Cheguei na hora?

— Adiantada, quer uma caipirinha?

— De maracujá!

— Isso menina, você sabe o que é bom! E vai querer suco no almoço, não é?

— Claro, né, tia!

A senhorinha deu risada, Se dissesse que tinha setenta e cinco anos, acreditariam. Alta, magrinha, enrugadinha e toda cor de rosa, com olhos azul turquesa,

Tia Burghetinha era a irmã caçula de seu avô materno. Havia herdado a fazenda junto com outra irmã solteira, Englantina, pois seu avô ficara com outras duas e eram somente os três filhos de uma família de oito que haviam chegado a idade adulta. Nunca casou nem teve filhos. Ficou ali a vida toda, viajou, e administrou o negócio que prosperou ainda mais. De fazenda de café passou a arroz, de arroz a milho, de milho a gado. Hoje era referência em gado leiteiro, não tendo gado nenhum, produzia somente matrizes de alto nível e valor, que eram vendidas para outras fazendas. Uma boa parte das terras ela havia vendido, pois a fazenda encravada dentro da cidade ficava inviável de pagar os impostos.

Conccetta trouxe as caipirinhas, feitas com pinga do alambique da fazenda mesmo, e as três se sentaram na varanda para conversar.

— Pierrette, estou preocupada com você.

— Já sei que a senhora viu o bafafá lá na minha rua.

— Pois é, eu ia telefonar para você de tarde. Você não quer passar uns tempos por aqui?

— Não tia, está tudo bem. Acho que foi alguma coisa interna, ou a tal Ludimila se meteu com quem não devia.

— Ah, pudera, isso eu já sabia desde o tempo que se amarrava cachorro com linguiça!

— Nossa tia, como a senhora sabia?

— Você viu na casa de quem ela trabalhava?

— A senhora conhece a tal família Ribeiro?

— Eles não, mas aquela entidade lá deles conheço muito bem. Não são flor que se cheire não. São uns pulhas. Você lembra da tal Marcha das Famílias Católicas contra o comunismo no golpe dos anos 60?

— Bom, eu não tinha nascido, mas estudei a história.

— Pois é, foi organizada por fascistas de ultradireita da igreja e ainda mais fanáticos que os militares. A tal VHP era uma das organizadoras. Vivem de expedientes. Já andaram me sondando, é claro, solteira, morando sozinha e dona dessa fazenda... Prato cheio para os papa defuntos que é o que eles são. Conheci um monte de gente nos anos 60 e 70 que largou família e entrou na tal organização. Sofreram lavagem cerebral, ficaram esquisitos, andando com aquelas roupas e marchando por aí. Depois, morriam meio que de repente e deixavam tudo para a tal entidade, ou para membros dela. Lembra do Tio Geraldo e Tia Carmen? Foram eles que embocaram a herança!

— É, eu ouvi falar qualquer coisa.

— Eu queria te prevenir, querida, para não se meter com essa gente. Eles estão no fim, mas ainda mexem um ou outro pauzinho, sempre tem um doido enfiado em algum lugar. O bam-bam-bam da organização morreu e os do segundo escalão brigaram feio, teve um cisma e dividiram em duas. Alguns colégios, graças a Deus, já faliram.

— Eu nem conheço eles, tia.

— Ah, mas vai conhecer! Sozinha, bonita e com dinheiro? Logo logo eles vêm atrás querer por hábito de freira sem véu em você e ficar com seu dinheiro.

— Parece que a senhora não me conhece, tia...

Tia Burghetinha riu e falou:

— Conheço sim, você não dá ponto sem nó! Não acredita em nada do que te falam desde criança. Parece uma São Tomé.

— É, admito... E só piorei com o tempo!

— Bom, já está avisada. Esse povo se aparecer aqui na fazenda, eu mando o Alcides correr eles daqui com tiro de espingarda.

— Acredito, tia! — riu Pierrette.

— Depois eu peço para a Conccetta te mandar uma mensagem de computador, vou procurar o endereço de um advogado que sabe tudo de todo mundo da tal entidade. Fica lá no centro da cidade, no Beco dos Aflitos.

— Não é aquele que dizem que é mal-assombrado? — perguntou Pierrette.

— Ih, essas bobeiras... Se assombração existisse você e eu que já enterramos todo mundo da família já teríamos morrido de susto de tanta alma penada. Só nesse casarão morreram mais de vinte e eu nunca vi ninguém!

— É mesmo, tia...

Mudaram de assunto e o fim do domingo correu tranquilo e divertido. Na "cerimônia" do chá da tarde de domingo, sempre vinham da cidade umas dez pessoas que Tia Burghetinha convidava e a mesa de pães, tortas, bolos, geleias, queijos e outras coisas fez Pierrette, como sempre, não dormir de barriga pesada. Sempre que estava ali, deixava as folhas de madeira da janela do quarto e as cortinas abertas. Gostava de dormir e acordar no dia seguinte com a paisagem majestosa.

Depois de um café da manhã que foi outro almoço, Pierrette jurou para si mesma que só ia comer alface o resto do dia. Entrou no carro e chegou em casa na hora do almoço.

Tirou a mala do carro, deu uma boa atenção para o Boris que estava reclamando de ter ficado sozinho e foi direto para o computador. Leu o resumo das notícias, bem como um e-mail especialmente escrito para ela por Natália, dando todos os pormenores do que havia ocorrido e agradecendo o furo.

Pierrette havia identificado o carro em que Gilda Ribeiro entrou no condomínio como sendo de uma das pessoas do bairro que faziam bico no supermercado ali perto, fazendo entregas. Ela havia descoberto isso ligando para portaria de serviço e perguntando de quem era o carro que entrou na segunda-feira anterior á uma e cinquenta e oito da tarde. Passou a informação toda para Natália.

Natália tinha ido até o supermercado e falado com o motorista. Ele disse que Gilda Ribeiro havia pedido para ele levá-la até sua casa, pagando a entrega, pois havia perdido a chave do carro e ia buscar uma chave reserva. Ele disse também que ela pediu para sentar no banco de trás porque sua religião não permitia sentar ao lado de senhores de quem não era parente. E estranhou mais ainda ela haver preenchido uma autorização de entrada no condomínio para ele apresentar na portaria, mesmo a moradora estando dentro do carro.

Juntando todas essas informações, Natália havia pegado a imagem e enviado para um delegado do DHPP que estava cuidando do caso. Ele rapidamente pediu para a polícia científica analisar a cena e comprovaram que era Gilda Ribeiro mesmo. Ela havia declarado em seu depoimento à polícia que estivera fora a tarde toda no dia do crime. O horário da morte de Ludimila era aproximadamente o mesmo em que ela esteve na casa e não contou para ninguém.

Quando foram procurá-la, a polícia federal a detêve no aeroporto, pois a acausada estava embarcando, supostamente para os Estados Unidos, em um vôo com escala na Colômbia, o qual justificou ter ganho a passagem de um executivo da companhia aérea colombiana, membro da VHP. Iria se juntar ao marido e ao filho em Illinois.

Depois de prestar novo depoimento à polícia, teve o passaporte apreendido e foi posta em liberdade, pois, novamente, o corte na garganta de Ludimila havia livrado mais um. Gilda Ribeiro era destra e seu um metro e meio de altura também não permitiriam a ela cortar a garganta da empregada, que tinha um metro e sessenta e cinco.

No depoimento, Gilda disse que havia esquecido o episódio da chave e que realmente não se sentava no carro ao lado de homens estranhos. Quanto à permissão de entrada justificou que queria fazer suas orações da tarde sem ser interrompida e que o tempo de viagem até o condomínio, ida e volta, daria exatamente para isso.

O motorista tinha realmente declarado que a mulher havia ficado o tempo todo sussurrando, com um véu preto na cabeça e um terço na mão. Segundo ela, a oração era seu passa tempo favorito.

Por volta de cinco da tarde, a campainha tocou, Boris correu para todos os pontos de entrada do terreno. Pierrette aproveitou para fechar a porta da sala de almoço e deixar ele de fora, assim não pularia nas moças. Jandira havia trazido uma senhora de uns sessenta anos, muito simples, chamada Clélia e uma moça de uns vinte e poucos chamada Rita.

Pierrette explicou o que iria precisar para as duas e as entrevistou. Clélia era mais fechada, então achou que a falante Rita seria uma melhor fonte de informações de Ludimila e do povo da Vila Nazaré, por ser mais próxima dela de idade e ter declarado, que como amiga da vítima, sentia um pouco de medo de trabalhar ali, mas estava precisando de dinheiro e o seguro desemprego só seria liberado dali a um mês.

Agradeceu às duas mulheres e à Jandira, que havia ficado muito quieta o tempo todo e disse que no dia seguinte daria uma resposta, mas que precisava uma delas já começasse na quarta-feira, quando a Dorotéia sairia de férias. Clélia disse que só poderia assumir a vaga na segunda-feira dali a quinze dias, o que facilitou a resposta de Pierrette.

À noite, depois de fazer uma verificação atenta na escrita contábil da fazenda de Tia Burghetinha, como sempre fazia a pedido da senhora, Pierrette anotou uma ou duas dúvidas. Abriu o e-mail e lá estava o endereço do Beco dos Aflitos. Riu da preocupação da tia e respondeu o e-mail, avisando que a escrita estava toda certa e perguntando esclarecimentos sobre suas duas dúvidas.

Correu para televisão, pois tinha um episódio inédito de CSI.

CAPÍTULO 11

Na manhã seguinte, Pierrette comunicou à Dorotéia suas "férias" que começariam a partir do dia seguinte. Dodô não gostou nem um pouco e ficou reclamando que iam bagunçar tudo naquela casa e depois ia dar o maior trabalho.

Pierrette riu da preocupação da sua funcionária. Foi para o jardim da frente, munida da tesoura de podar e ficou lá de bobeira. Não demorou muito e escutou uma voz à suas costas.

— Como estão lindas as palmeiras.

Virando-se, Pierrette cumprimentou Deucimar.

— Fazia tempo que eu não via a senhora.

— Ah, Deucimar, eu fiquei um pouco assustada com essa história aí do lado. – mentiu Pierrette.

— Dona, eu também! Como foram estripar aquela Ludimila?

— Dizem por aí que ela facilitava, né?

— Olha, eu acho que não, viu? Os meninos da limpeza e da segurança bem que ficavam todo acesos com ela, mas ela respondia que só se fosse lindo ou pagando muito...

— Você acha que ela era dessas, Deucimar?

— Olha... — pensou Deucimar com a famosa expressão de muito interessada sem estar prestando atenção em nada, com olhos de sonhadora – Pode ser e pode não ser.

— Como assim?

— Eu vi o menino do vizinho ir lá uma vez, quando não tinha ninguém. Ficou uma meia hora e saiu todo com cara de contente, a senhora entende?

— Entendo... — afirmou Pierrette, tentando entender.

— É, bonito ele não é, mas recebe uma mesada boa porque compra umas coisas bonitas. E vende as coisas bonitas também.

— Vende?

— É, já me ofereceu um relógio bacana. O preço é bom, mas pra quem ganha o que eu ganho, é caro.

— Sei...

— Agora da segurança, só ela que se engraçou com o Ditão.

— O que se parece com o Alexandre Pires?

— É! Ele é lindo, né, Dona? Mas ele não quis nada com ela não e ela saiu por aí falando bobagem.

— Sei... Mais alguém que você saiba, Deucimar?

— Bom... Não sei se eu devo falar...

— Por que não?

— É amiga da senhora... Mas aquele véio safado, pai da Dona Morganda, foi lá uma vez que eu vi e não tinha ninguém em casa. Faz uns quatro meses. Depois num vi mais.

— Foi uma vez só que você viu? — perguntou Pierrettte, sem consertar o erro do nome da amiga.

— É, não vi quanto tempo foi, mas vi ele entrando lá.

— E você acha que podia ser alguma coisa?

— Aquele véio acha que compra todo mundo e tem dinheiro. Num devia de tá falando isso porque ela é sua amiga. Ninguém da polícia me perguntou nada não, mas eu acho que ali tem, tem!

Pierrette lembrou-se da suspeita de Morgana. Será? Como ela ia poder olhar para a amiga se descobrisse alguma coisa errada ali? Mas ela tinha que saber.

— Bom, eu vou entrar Deucimar. Já cortei o que precisava. Bom trabalho para você.

— Ih, vai ser fácil hoje, daqui a pouco despenca o mundo e lava tudo, aí eu só tenho que limpar a entrada dos bueiros! — riu feliz, mostrando a falta de alguns dentes.

Pierrette entrou, muda, fez um afago distraído no Boris e subiu para o quarto dos livros. Sentou-se e ficou olhando para eles.

Logo em seguida, Dodô entrou silenciosa com a Coca Zero.

— Dodô, você já comprou alguma muamba do menino do lado da Morgana?

— Já sim, Dona Pierrette. São lindas.

— O que é?

— São relógios, pulseiras, anel, tudo que ele compra lá na 25 de Março, mas ele tem uma amiga que bota umas miçangas, cristais, fita e fica tudo lindo! Não é caro não, e é coisa de loja de shopping que custa o dobro.

— Sei...

— Lembra aquele relógio que a senhora gostou, com brilhantinho a volta toda e que ao invés de pulseira tinha um lenço que amarrava? Comprei dele.

— Descolado esse moleque, né?

— Ele diz que quer ficar rico. Pega todo dinheiro da mesada e compra essas coisas para vender.

— Sei... A Ludimila tinha muitas dessas coisas?

— Dona Pierrette, a senhora me arrepia. A senhora sabe de tudo, né? Tinha sim. Dizia que para ela, ele fazia mais barato. E o povo já dizia outra coisa.

— Imagino! Dodô, vou te perguntar uma coisa, mas você não comenta, se já não tiver comentado...

— Sai da minha aba, Dona Pierrette! Eu vejo tudo, escuto tudo, mas não comento nada. Só escuto os comentários.

— Alguma vez você viu o Seu Waldomiro ir ao casarão?

— A senhora sabe de tudo mesmo... Bom, o velho é safado, já ofereceu carona naquele carro velho dele para um monte de menininha, pras coroas ele nem para. E as que andaram no carro falaram que ele ficou falando umas bobagens, mas não passou disso. E elas morreram de medo porque ele guia mal prá burro.

— E com você, Dodozinha?

— Sai da minha aba, aquele véio babão... Nem que pague com ouro! Ele é todo sorridente quando me encontra, mas nunca falou nada não. Acho que ele espera a gente falar, se a gente não fala, não rola. Agora se ele falou para a tal Ludimila, pode crer que ela falou tudo que ele queria ouvir!

— E você viu muitas vezes?

— Umas duas. Logo depois que saía todo mundo. Foi há um tempo atrás, depois não vi mais.

— Antes do Ano Novo?

— É! Como a senhora sabe?

— Porque eu viajei no Ano Novo e você ficou quinze dias de papo para o ar, então devia se lembrar da data!

— É mesmo! Depois vi mais não. Mas vi um dia ela tentando falar com ele no jardim da casa e ele desconversou, entrou no carro correndo e foi embora. Será que o véio brochou?

Pierrette caiu na gargalhada. Dodô podia estar certa, mas também podia ser outra coisa ou outras coisas que não tinham nada de mal. Tornou a ficar preocupada com a amiga e pensativa. Dodô saiu de fininho.

Ao voltar para casa da aula de pilates, a sorte ajudou Pierrette. O garoto do vizinho estava no ponto do ônibus, no começo da estradinha que ia até o condomínio, sozinho debaixo da cobertura de aço, derretendo. Pierrette estacionou.

— OI! Você não mora na minha rua?

O menino levantou-se, se ajeitou-se, sorriu e disse que sim.

— Estou indo para casa, quer carona?

Era comum os adolescentes pedirem carona para quem conheciam ali na estrada, pois a linha de ônibus era irregular e demorava muito.

— Quero sim. — Entrou no carro.

— Eu sou a Pierrette, do 330.

— Eu sei, eu sou o Allan, do 620.

— Muito prazer, Allan.

Seguiram em silêncio um pouco de tempo.

— A minha empregada falou que você vende umas coisas bonitas.

Allan sorriu.

— Vendo sim. Eu compro e depois a minha namorada cola uns strass, põe fita, eu vendo e a gente divide.

— Legal. Gosto de gente com iniciativa.

— Eu quero juntar grana para comprar um carro no fim do ano que vem.

— Você já dirige?

— Eu tenho dezesseis, faço dezessete agora, aí ano que vem tiro carta e quero carro.

— Certo.

— Meu pai vai me ajudar, mas aí eu pego a grana e compro um melhorzinho.

— É isso aí! Posso te perguntar uma coisa? Por que você abaixa a câmera do muro da sua casa?

Allan ficou vermelho.

— Foi uma vez só!

— Não estou te incriminando, só achei engraçado. Aposto que tem uma explicação lógica para isso.

— Tenho sim. Não muito certa, mas tenho. A gente, eu e uns amigos, queríamos andar de slongboard e a rua tem a inclinação certinha, mas o povo da segurança podia ver e acabar com o nosso barato. Como os micos abaixam a câmera e eles demoram um tempão pra arrumar...

— Você só adiantou o serviço dos micos. Inteligente!

— Mas foi uma vez só, meus amigos que têm o slongboard não vieram mais aqui com medo do assassino...

Pierrette estava dirigindo mais devagar do que costumava. Tomou coragem, e meio com o rabo do olho observou Allan.

— Você parece que perdeu uma boa cliente com a morte da Ludimila, né? A Dodô me disse que você vendia bastante para ela.

Não viu nenhuma expressão diferente no menino.

— Vendi sim. Ela comprava de mim, punha em sacola de loja bacana e vendia lá no bairro dela pelo dobro. Quando ela comprava muito, eu dava desconto, mas valia a pena. Ela era legal. Sacanagem o que aquele povo fez com ela.

— Você acha que foram eles?

— Até agora tudo parece que não, mas vão acabar descobrindo. Gente estranha. A Ludimila falava que se eles descobrissem como ela se vestia, eram capazes de internar ela em um daqueles colégios deles. Ela vinha e voltava parecendo uma velha. Nem calça podia usar.

— Você fala com eles?

— Umas duas vezes vieram para mim com uma história que eu era um garoto sério, de família, que tinha muito futuro se fosse participar das reuniões que eles faziam, mas eu? Tô fora.

— Fique fora mesmo – preveniu Pierrette entrando na portaria.

Parou antes de entrar na garagem para Allan descer e despediu-se dele.

Entrou, domou o Boris, subiu direto para o quarto dos livros. Só saiu de lá quando uma chorosa Dorotéia foi despedir-se, dizendo até quinze dias. Pierrette riu e falou para ela ir lá caso quisesse, depois das quatro, quando a outra saía. Dodô ficou animada e disse que iria sim.

Pierrette resolveu rever suas ideias. Ela achava que ia eliminar um suspeito.

Não tinha tido muito progresso, mas achava certo eliminar o garoto do vizinho. Acreditou no que ele disse e não parecia ser do mal. Além de que tinha uma namorada, parecia ser certinho e havia justificado muito bem o fato de ter movimentado a câmera e sobre ir à casa da Ludimila quando todos saíam.

Se pelo menos ela conseguisse um meio de descobrir como fazer aquele corte parecer ter sido disfarçado para incriminar outra pessoa... Mas a polícia científica era muito boa, devia descobrir se houvesse algo assim. Gilda poderia ter voltado para deixar alguém entrar na casa e fazer o serviço. Ela queria incriminar o genro?

Pierrette não acreditava que fosse Marcos, muita bandeira e muita burrice. A resposta devia estar na tal VHP.

CAPÍTULO 12

Antes das oito da manhã, Pierrette foi acordada pelo telefone da casa. Era a portaria, pedindo autorização de entrada para Maria, a nova funcionária de Pierrette, que ela iria ter que cadastrar no sistema de segurança.

Meio tonta de sono, Pierrette autorizou sua entrada, enfiou uma roupa qualquer e desceu. Tinha esquecido esses pormenores de ter uma auxiliar nova.

Orientou Maria onde achar café e outras coisas, caso ela quisesse, e deixou claro que não precisava preocupar-se com ela, pois só comia uma fruta e tomava leite de manhã. Orientou alguma coisa do almoço. Já estava arrependida de ter inventado moda.

Subiu e dormiu mais um pouco. Voltou e encontrou Maria tirando pó da sala. Achou bom, empregada nova sempre dava uma caprichada. Sentou-se e ficou por ali jogando conversa fora. Quando percebeu que a menina já tinha relaxado, começou a jogar a isca.

— Você conhecia a Ludimila lá do seu bairro?

— A gente saía junto às veis. Ela tava sempre rindo, toda bonitona. A homarada ficava doido com ela. Mas ela sabia bota distância.

— Ela tinha namorado?

— Agora tava sem, mas tinha ficado uns dois meses com um carinha feinho lá do bairro, ela podia fica com quem quisesse, mas dizia que queria coisa séria e de futuro.

— E ela estava feliz que ia ser mãe?

— Se tava ou num tava, sei não. Ninguém tava sabendo disso. Nem na família dela, pegou todo mundo disprivinido.

Pierrette sentiu saudades do português de Dodô. Não era uma maravilha, mas...

— Ela tinha ido em médico, alguma coisa?

— Sei não. O menino que tinha ficado com ela disse que ela falou nada com ele não. Ele disse que achava que não era o pai.

— E nem para família dela, uma amiga?

— Ninguém. Ela também num tava com cara de preocupada não. Tava como sempre foi.

— Será que ela não sabia?

— Treis meis é difícil num sabê. Mas eu mema só fiquei sabendo do meu filho no quarto mês. Nem atrasa atrasô.

— Por isso que ela podia nem saber de nada.

— Bom, ela esquecia de toma a pílula no dia certo, às vezes dois, treis dia. Ela tinha dito pra mãe que tava muito atrasado, mas aí desceu.

— Sei...

Os próximos quinze dias dessa história de empregada nova foram um martírio para Pierrette. Pediu até pizza para ela sozinha no jantar, depois ficou com peso na consciência e chamou a Morgana para dividir. A comida de Maria Rita era horrível. Os legumes muito cozidos e se espremesse viravam purê, ela não conseguia fazer um grelhado no ponto. Mais de uma vez Pierrette jogou frango cru fora, mais de uma vez comeu torrão e mais de uma vez acabou avançando no arroz com feijão que a Rita fazia para ela mesma comer e estava sempre delicioso.

Umas duas roupas queimaram com o ferro, a cama estava sempre arrumada errado – porque achavam que o lençol que a gente se cobre tem que ficar lá o alto, sem virar e embaixo dos travesseiros? Pior foi uma bata de seda que ficou toda em tiras do busto para baixo porque enroscou na máquina de lavar, onde nunca deveria ter ido misturada com as calças jeans. Depois, Pierrette usou a blusa com uma camisetinha regata de lycra branca por baixo e fez sucesso.

O cúmulo foi o dia em que Pierrette pediu para ela picar a ricota e pôr no processador para fazer um patê e a Maria Rita pegou a couve flor ao molho branco e bateu no processador, porque não sabia o que era ricota, afinal a patroa tinha explicado que era o ta-po-é (tupperware!) com um "troço" branco; mas lógico que Pierrette havia dito que era um saquinho com um queijo branco escrito "ricota".

De tão desiludida, pegou o Boris e foi passar o final de semana na fazenda de Tia Burghetinha.

De concreto e interessante sobre Ludimila e a Vila Nazaré, pouco ou nada descobriu, além daquela conversa no primeiro dia. Uma delas foi que Ludimila não entrava para trabalhar sete horas da manhã na casa dos Ribeiro, porque vinha com uma outra amiga que entrava às oito. Jandira passou a não vir com ela porque oito era muito cedo.

Descobriu também que Ludimila era amiga da filha recém-casada de Jandira, mas fazia um certo tempo que não se falavam. Provavelmente era esse o verdadeiro motivo de Jandira não vir mais trabalhar com a moça, mas Rita não sabia o porquê da briga das duas. Ludimila falava que não havia acontecido nada, só não estava coincidindo horários para saírem juntas, agora que ela estava trabalhando.

A filha da Jandira tinha quatro filhos, não trabalhava e nem recebia pensão de nenhum dos pais das crianças, que eram três diferentes.

Jandira, por sua vez, era a bucha de canhão da família: a família era toda atrapalhada e tudo acabava sobrando para ela, que defendia todos, mesmo estando errados. Tinha mais uma filha recém-casada, que havia se mudado para outra casa, e um filho casado que morava com eles.

O marido de Jandira era mecânico e trabalhava no centro de São Paulo, saía cedo, voltava tarde, ganhava um bom dinheiro para a família viver sem apertos, mas Jandira trabalhava fora para sair um pouco do meio da confusão da sua casa. No final, Pierrette achou que ficou sabendo mais da família da Jandira do que de Ludimila.

No penúltimo dia que deveria trabalhar para Pierrette, Rita anunciou que precisava ir receber o tal auxílio desemprego e não poderia vir para o trabalho, mas que viria no outro dia para compensar. Pierrette mais que depressa agradeceu muito, falou que ia mesmo passar o dia todo fora, pediu para ela caprichar na limpeza, sem precisar fazer almoço, disse que iria comer na academia. Às quatro horas da tarde, pagou a segunda semana de serviços de Rita e deu-lhe um até logo e muito obrigado, feliz da vida.

Pensou em ligar para Dodô vir no dia seguinte e não no outro, como combinado, mas achou melhor não atrapalhar algum plano que ela já tivesse feito. Não ia morrer de ficar um dia sem funcionária.

As notícias sobre o crime haviam perdido força. Somente Natália ainda relatava alguma coisa na TV, e um ou outro jornal publicava alguma coisa.

Um novo Papa tinha sido eleito e as manchetes mudaram, o condomínio foi deixado em paz.

Os Ribeiro não haviam voltado para o casarão, que começava a parecer abandonado, com correspondência acumulando, garagem sem varrer, grama crescida demais com as fortes chuvas, luzes acessas o tempo todo em alguns lugares e um dos carros ainda lá, agora coberto de pó.

A justiça havia decidido, por falta de provas, que o crime fora cometido por alguém de fora da casa, mas Marcos ainda era chamado para depor vez ou outra. Ficara preso novamente, mas conseguiu habeas corpus. Não havia provas suficientes para prendê-lo ou julgá-lo, mas a mídia e a sociedade o pintavam com assassino.

A tal câmera nunca mais descera de sua posição em uma velocidade maior que a dos micos. Aparentemente tudo estava de volta ao normal no condomínio e Marcos devia realmente ter matado a empregada, mas o exame de DNA provou que o filho não era dele, como suspeitaram. Não havia motivo para o crime, nunca encontraram a arma.

O casarão dos Ribeiro, assim como todas as casas do condomínio, não primava por trancas, muros e fechaduras de alta segurança. Provavelmente saíam e deixavam portas ou janelas abertas, como todo mundo. Pierrette mesma já havia perdido a cisma e já não trancava mais a porta da garagem. Dodô quando voltou das "férias" nem lembrou mais disso também.

Pierrette passava algumas informações de pouca importância para Natália pelo e-mail e, eventualmente, a jornalista lhe perguntava alguma coisa e a mantinha a par das novidades sobre o caso.

Entre as novidades, o DNA comprovara que o tal namorado "feinho" de Ludimila, lá do bairro dela, também não era o pai do bebê que ela esperava.

Celso Ribeiro, marido de Gilda, havia voltado dos Estados Unidos no dia do crime, mas desembarcara à noite, não sendo suspeito. Porém havia chegado à casa da família no dia seguinte à tarde, o que causou certo constrangimento familiar entre os Ribeiro. A polícia Federal confirmava o horário que Celso Ribeiro passou pela imigração no aeroporto Governador Franco Montoro.

Para completa indignação da família, todos os homens foram convidados a fazer o exame de DNA. Somente o do garoto que estava fora teve que ser acionado pelo consulado brasileiro, que iria providenciar o resultado do exame junto às autoridades americanas.

Uma das coisas que Pierrette pediu à Natália era para descobrir o contato de Pacco na polícia científica, caso encotrasse alguma coisa interessante. Lógico que Ivete e Natália tiraram muito sarro dela, achando que o propósito era outro.

A paz havia voltado ao condomínio e Pierrette já estava meio esquecendo o assunto, apesar de estar com pena do tal Marcos que nem conhecia e que, pelo jeito, ia pagar o pato, senão condenado na justiça, condenado pela sociedade.

Dorotéia voltou ao trabalho na data prevista, para alívio e felicidade de Pierrette e do Boris, que quase a derrubou pondo as patonas em seus ombros.

Dodô não era muito baixa, mas também não era alta, tinha quase a mesma idade de Pierrette, era casada, tinha dois filhos, barriguinha e busto de quem tinha tido dois filhos, mas o resto do corpo magro. Estava sempre com o cabelo cumprido, preto, preso em um rabo de cavalo. Era relativamente bonita, mas o nariz era um pouco grande. Vivia queimada de sol, o que a deixava com um bronzeado atraente.

Naquele dia, Pierrette pouco saiu da cozinha e Dodô pouco fez de trabalho, as duas ficaram botando o assunto em dia. Foi à academia à tarde e voltou a tempo de se despedir de Dodô, que havia deixado para ela jantar a mais maravilhosa das saladas com peito de peru grelhado, no ponto certinho.

Dodô foi-se embora e Pierrette dirigiu-se para a área de serviço deixar a roupa suja da academia no tanque.

A campainha da porta da frente tocou. Pierrette estranhou, pois visitas eram anunciadas por telefone pela portaria e ninguém vinha na casa dela sem combinar antes, pois tinham medo de perder a viagem de vinte cinco quilômetros de São Paulo até lá. Deveria ser a Morgana ou alguma vizinha querendo alguma coisa. Será que ela havia deixado o carro aberto? Poderia ser a segurança.

Pensando nisso tudo, foi abrir a porta. Ao abrir, se deparou com Gilda Ribeiro.

CAPÍTULO 13

Passado o susto inicial, Pierrette cumprimentou à vizinha.
— Boa tarde, Dona Gilda...
— Boa tarde, não lembro bem o seu nome... Pedrete?
— Não, Dona Gilda, Pierrette.
— Ah, sabia que era alguma coisa de São Pedro! Já ia perguntar se você ficava carregando as chaves para ele – e deu uma risada rapidinha, estranha, um hahaha abafado, meio gargarejado.

Pierrette preferiu nem se lembrar das referências que tinha da estranha senhora, pois só por aquele preâmbulo já antipatizara com ela.

Baixa, usava uma saia envelope até o meio da canela, uma blusa de algodão de mangas compridas, abotoada até o pescoço, de florzinhas miúdas azuis sobre fundo branco. Do meio busto, saía pelo meio dos botões, uma correntinha, com mais de dez medalhinhas de santos e um grande crucifixo, todos de ouro. Os sapatos eram os mesmos que Pierrette descobrira no vídeo de segurança, porém estes eram azul-marinho. Modelo boneca, típico de escolares dos anos 50 e 60, porém com um salto de uns seis centímetros e uma fivela exagerada, prateada, na lateral. Carregava uma bolsa tiracolo azul-marinho, também, usava meias de helanca cor da pele.

O rosto realmente lembrava uma ovelha. Branco, comprido, olhinhos pequenos, pretos e bem separados, com bolsas sob eles e nas pálpebras. O cabelo todo cacheadinho, numa permanente fora de moda há mais de 20 anos, era grisalho, mais para o preto que para o branco. Não usava maquiagem nenhuma.

Essa avaliação toda, por parte de Pierrette, aconteceu em segundos, sempre sorrindo e sem tirar os olhos de Gilda. A mulher, por sua vez, muito sem cerimônia, a estava medindo de alto a baixo, com uma fisionomia meio desaprovadora, e já estava levando quase um minuto. Pierrette pensou em desculpar-se pelo desleixo dos shorts de lycra até os joelhos, com uma camiseta regata comprida até as coxas e tênis sujos de caminhada, mas afinal de contas, a personalidade estranha ali não era ela.

— Não precisa me chamar de senhora, Pierrette, temos quase a mesma idade. É que eu não fico me pintando toda.

— Desculpe, Do... Gilda, questão de costume com pessoas mais velh... que ainda não tenho intimidade.

Pierrette estudou cada detalhe dessa frase antes de falar. O velha foi proposital, assim como o "não tenho tanta intimidade", para criar certa distância da desagradável figura. Além do que ela devia ter uns cinquenta e cinco anos, com aparência de dez há mais.

Não queria convidá-la para entrar. Boris, sempre alegre com qualquer um, estava exibindo seu comportamento número dois. Com algumas pessoas, ele se retraía e ficava sentado do lado da perna de Pierrette, muito quieto. Isso acontecia quando ele não gostava de alguém, e até hoje só havia acontecido uma ou duas vezes. Por fim, o hiato de tempo de uma olhando para outra sem falar nada, foi ficando desagradável. Pierrette não podia perguntar o que ela queria. Por fim, cedeu.

— Vamos nos sentar aqui no hall um pouquinho – convidou.

Muito depressa, Gilda Ribeiro sorriu e entrou no hall.

— Eu sempre quis conhecer essa sua linda casa, mas nunca tivemos oportunidade de conversar direito. Você sempre passa na frente da minha casa com esse bicho levando você para esquiar – e deu, novamente, a risada gargarejo.

Sentaram-se nas cadeiras propositalmente desconfortáveis do hall de entrada, separadas por um aparador. Boris fungou e foi para o jardim.

— Eu vim aqui porque você prestou serviços uma vez para um associado nosso – explicou, vagamente, Gilda.

— Foi? Quem era?

— Roberto Saldanha, ele é associado da nossa instituição por moral, sociedade e caridade, a VHP, Valor, Honestidade e Postura. Você sabe.

— Não, não sei, nunca trabalhei para essa, hum, sociedade...

— Ah, mas conhece, não é mesmo?

— Já vi o adesivo colado nos seus carros, achei que era alguma credencial de entrada em prédio comercial – mentiu Pierrette, rindo para si mesma de estar com a cara mais desligada e inocente do mundo.

Gilda perdeu a cara de sorriso contente.

— Mas do Roberto você deve lembrar...

— Era um senhor fortinho, alto, cabelo cacheadinho loiro... (Pierrette achou desnecessário falar "oleoso, que pareciam nunca ter sido lavados").

— Ele mesmo – respondeu Gilda, dando a risadinha gargarejo – uma figura. Excelente pessoa, católico muito fervoroso e um grande contribuinte da VHP. Já recebeu tantas indulgências plenárias que eu brinco para ele vender algumas a crédito que iria ficar rico! — novamente a risadinha gargarejo.

— Na verdade, eu não prestei serviços para ele, eu prestei serviço para a mantenedora da instituição que ele trabalhava, como auditora de contas – esclareceu Pierrette, usando sua expressão mais profissional, séria, rosto meio de lado, sem sorrir nem demonstrar desagrado, olhos bem abertos.

— É, isso, isso, ele me explicou. Disse que você conseguiu descobrir um esquema mirabolante de fraudes na prestação de contas, que eles já desconfiavam, mas não conseguiam descobrir quem e como faziam os culpados.

Pierrette lembrava-se do caso muito bem. Não fora dos piores, nem dos mais complicados. À primeira vista, as contas estavam perfeitas. Auditores qualificados as haviam aprovado. A mantenedora em São Paulo, porém, apesar de aprovar as contas, desconfiava sempre que algo não ia bem.

Por fim, uma cliente ligou fazendo uma pergunta ao SAC da empresa e a atendente do SAC, nada boba, desconfiou de alguma coisa. Relatou o caso todo num e-mail encaminhado direto à presidência. A diretoria percebeu que ali havia alguma coisa para se investigar, mas não sabia o que era. Contratou Pierrette para fazer a auditoria local da unidade. Lá trabalhava o tal Seu Roberto.

Seu Roberto havia sido muito solícito, sempre disposto a ajudar, até mesmo simpático. Porém seu andar como o de um soldado marchando, a expressão vaga, o olhar perdido e todo um comportamento que parecia levar alguns segundos para ser acionado, o faziam parecer estranho.

Ele não tinha nada a ver com o tal esquema, mas quando Pierrette começou a descobrir o que estava acontecendo, rapidamente os autores haviam traçado um caminho, muito mal feito, para que ela deduzisse que o culpado era ele.

A própria Pierrette saiu da unidade, deixando todos certos que ela iria redigir o relatório apontando-o como culpado. Durante uma semana, viveu uma vida de pura investigação policial de cada um dos membros da unidade. Ao fim dessa semana, voltou lá de surpresa.

Ficaram ressabiados ao vê-la. Entrou no melhor de seus humores, muito sorridente e brincando com todos. Chamou as pessoas menos importantes do lugar, perguntou um monte de coisas desnecessárias e, aqui e ali, jogava uma pergunta inocente que lhe fornecia uma resposta importante.

Depois de duas horas foi almoçar e deixou algumas anotações lá. Foi até a esquina e voltou. Seu principal suspeito estava lendo as anotações, rindo, certo que a havia enganado.

Pierrette foi novamente embora, sem ser vista. Voltou e entrevistou duas secretárias e seu suspeito. Deixou bem claro a ele que Roberto era o culpado. Aliviado, ele falou demais.

Em seguida, Pierrette chamou Roberto. Conversou calmamente sobre os fatos, deixando claro saber que ele estava sendo incriminado por algo que não tinha feito. O homem, depois que se acalmou e com dificuldade, explicou o que ela queria saber.

Dali mesmo Pierrette abriu seu e-mail e enviou o relatório que já estava pronto há três dias, apontando o verdadeiro criminoso.

Um esquema de desvio de mais de três mil reais por semana foi desarmado e o gerente da unidade processado e culpado criminalmente da falcatrua.

— Bondade dele, Do... Gilda. Só fiz meu serviço, fui supervalorizada.

— É, mas ele disse que você fez mais que o serviço. Fez todo um trabalho complicado de bastidores, seguiu gente, deu telefonemas, marcou horários e depois copiou as agendas, um monte de coisas e descobriu tudo.

— Para isso que me pagam.

— Depois desse episódio, mais umas três pessoas me falaram dessas suas habilidades – deu a risadinha gargarejo – de Sherlock Holmes de saias, todas de empresas importantes e que pagam bem.

"Será que essa mulher veio pedir donativo?" — pensou Pierrette.

— Então... Eu não sei bem como lhe dizer isso. Mas eu sei que foi você que descobriu que eu estava em casa perto da hora do crime.

Pierrette não contava com essa. Ficou meio aturdida, mas não disse nada. Continuou com a mesma expressão profissional. Não ia entregar nada, esperaria ela falar e ver se não estava jogando verde para colher maduro.

Gilda continuou, sem esperar muito.

— Meu filho mais velho, que não mora comigo, é casado, trabalha na emissora de TV daquela reporterzinha engraçadinha.

— Quem?

— A tal Natalie, que descobriu a imagem.

— Se ela descobriu, não fui eu.

— Ah, foi sim, sua Sherlockzinha! — deu a risada gargarejo – o meu outro filho, de dezenove anos, faz manutenção de rede de computadores e presta serviços para o condomínio, pois aqui é muito caro para nós. Ele viu que você acessou a câmera de segurança e pesquisou a imagem uma hora antes daquela palhaçada que fizeram comigo – e deu novamente a risadinha gargarejo.

— Bom, eu realmente verifiquei a imagem, como qualquer condômino poderia ter feito. Aliás, nem tenho competência para isso, a polícia científica que deve ter processado a imagem e foi uma coincidência.

— Você é malandrinha… — risada gargarejo – Mas eu não estou brava com você. Eu perdi a chave do carro no mercado – e repetiu a história que Pierrette já sabia, inclusive com o detalhe de ter dado autorização ao motorista para poder rezar.

— Na verdade vim aqui para lhe fazer um pedido… — continuou Gilda.

Nesse instante, o grande carrilhão de mesa de Pierrette, que ficava na sala de jantar sobre a cornija da lareira, tocou às seis horas da tarde.

— Ai, meu Deus, perdi minha hora – disse Gilda pegando a bolsa.

Pierrette acho que ela iria embora correndo, atônita. Gilda abriu a bolsa, tirou uma mantilha de renda preta, cobriu a cabeça com ela, ajoelhou-se no tapete do hall, fez o sinal da cruz e começo a rezar em voz alta:

— O Anjo do Senhor anunciou a Maria…

E prosseguiu a reza, com Ave-Marias, Glórias ao Pai e outras.

Pierrette lutava para não demonstrar um enorme espanto, ou rir da cena ridícula. Como toda sua família era religiosa, conhecia muito bem a tradição dos antigos rezarem o Angelus, inclusive Tia Burghetinha o rezava quando o relógio a lembrava, mas abaixava a cabeça no seu canto, fechava os olhos, ouvia-se um murmurar e logo em seguida ela levantava a cabeça e continuava a conversa. A cena de Gilda, além de exagerada, era patética.

Terminada a oração, benzeu-se três vezes, tirou, dobrou a mantilha e guardou-a na bolsa.

— Desculpe, não posso perder minha oração das seis horas, é o Angelus, mas você não deve conhecer… — e olhou novamente medindo Pierrette de alto a baixo, com expressão de desaprovação velada.

Pierrette nada respondeu.

— Como eu ia dizendo – continuou Gilda, ao ver que não ia ter chance de descobrir nada da religião de Pierrette, – vim lhe fazer um pedido.

Nesse momento, a expressão de ovelha contente, de desaprovação ou qualquer outra pré-treinada, desapareceram, subitamente, do rosto de Gilda.

Rugas surgiram das linhas marcadas de sua testa. Suas sobrancelhas contraíram-se. Os olhos lacrimejaram e era de verdade. Toda cena controlada e artificial pareceu desaparecer e uma máscara de verdadeira emoção aflorou em Gilda Ribeiro.

— Acho que só você, com sua inteligência e talento pode nos salvar.

Pierrette tentava se controlar para não ir abraçar a senhora, que fazia uma cena que somente sofrimento verdadeiro permitiria fazer.

— Calma, Gilda... O que eu posso fazer?

— Nos livrar desse fantasma! Desse cutelo sobre a nossa nuca que parece que nunca mais vai sair daí!

— Do que a senhora está falando? — perguntou Pierrette, atônita.

— Eu sou uma mãe de família. Eu prezo nossas crenças. Eu prezo nossos princípios. Eu não quero ver todos nós, minha filha e meu neto, marcados para sempre por alguma coisa que não são culpados!

— Acho que estou começando a entender – falou devagar Pierrette.

A mulher, agora aos prantos, implorou:

— Salve nossa família, salve uma mãe que vos implora, descubra o verdadeiro culpado desse crime, senão estaremos marcados para sempre...

CAPÍTULO 14

A mulher chorava copiosamente. Pierrette, aturdida, não sabia o que fazer. Achava que tinha que dar alguma coisa para ela acalmar-se, encolhida, trêmula, quase caindo da cadeira Luiz Felipe folhada a ouro com tecido de veludo de listras bordo, azul-marinho e dourado.

Estendeu-lhe a mão.

— Venha, venha comigo até a cozinha.

A mulher se deixou levar, passando pelas salas de visitas e de jantar, onde o relógio carrilhão bateu os quinze minutos, e sentou-se no banco alto da bancada de granito da cozinha, que Dodô usava para descascar legumes. Ainda choramingava baixo.

Pierrette abriu a geladeira, pegou dois enormes copos, encheu com a preta Coca Zero, fechou a geladeira e enfiou um copo na mão de Gilda.

— Você não pôs álcool nisso, não é? — perguntou, ressabiada e olhando o copo como se fosse algo insólito.

— Não, só Coca mesmo. Beba, você vai se sentir melhor – disse Pierrette virando seu copo quase de uma vez. Quando terminou, Gilda havia dado uns goles.

— Eu tenho gastrite e isso vai acabar comigo... Mas acho que estou precisando.

Ficaram em silêncio enquanto ela bebia tudo, lentamente. Quando terminou, a mesma Gilda que chegará à casa de Pierrette havia reaparecido.

— Desculpe a cena. Eu perdi o controle. Você deve estar me achando uma doida varrida.

Pierrette absteve-se de dizer que controle ela tinha até demais.

— Fique tranquila. Agora, termine de se acalmar e vamos para sala. Lá podemos conversar mais confortavelmente.

Gilda deu a sua risadinha gargarejo.

— Está com medo de ficar comigo na cozinha, não é? De repente eu só a trouxe aqui para te degolar na frente da pia...

Pierrette riu. Mas sentiu um calafrio, ao mesmo tempo. Gilda deu um riso argentino e levantou-se.

— Eu vim lhe pedir um favor e fico lhe assustando com uma brincadeira boba. Não resisti.

Dessa vez, ela pegou Pierrette pelo braço e foram se sentar na sala. Por sorte, nesse momento, Boris colou na perna de Pierrette.

Sentaram-se no grande sofá de seda adamascada azul-marinho. Uma em cada ponta do sofá de quatro lugares. Boris sentou-se no pé de Pierrette e ficou encarando Gilda, com a língua de fora.

— Se a senhora quer que eu a ajude, e não sei nem porque, pois eu não sou especialista nisso, vai precisar me contar tudo que a senhora sabe. Eu, provavelmente, já ouvi tudo, mas sempre pode ter algo que não ouvi – disse Pierrette, tentando reorganizar as ideias, completamente chocada com os últimos acontecimentos.

— Não é muita coisa. Eu fiquei sem empregada naquela casa com seis adultos e um bebê. Não podemos pagar muito. Então, a vizinha do fundo me disse que a empregada dela tinha uma amiga que precisava trabalhar. E me trouxe a tal de Ludimila.

Ao falar de Ludimila, a boca se contraiu numa expressão de nojo.

— Eu entrevistei a menina, que de menina não tinha nada, mas me jurou que era virgem. Agora a gente fica sabendo que não devia ser virgem nem na orelha esquerda! — exclamou, indignada e vermelha de raiva.

— Uma verdadeira sacerdotisa de Potifar! Isso que era ela. Dissimulada. Descobri que até nua no samba da avenida ela ia. E não bastasse tanto pecado, ainda foi morrer na minha casa, para jogar essa sombra para sempre na minha família... — começou a ameaçar uma nova crise.

— Não pense nisso agora, não vai ajudar em nada, Gilda. Vamos ser objetivas, sim? O resultado vai ser muito melhor.

— Desculpe – disse Gilda, assoando o nariz em um lencinho de rendas brancas que tirou da bolsa. — Não vai acontecer mais.

— Diga-me o que sabe da Ludimila, sem perder tempo com observações de moral; isso eu já descobri o que precisava.

— Não falei que eu estava certa? — perguntou Gilda, triunfante.

— Se está certa ou não, eu sei a resposta – disse Pierrette – Vamos ser objetivas se a senhora quiser descobrir o que realmente importa.

— Claro, claro... Eu contratei a menina na maior boa-fé. Vinha vestida decentemente, punha o uniforme e trabalhava até que bem. A comida era boazinha, lavava direitinho e passava as camisas do Celso muito bem. Já estava lá há uns seis meses.

— Ela não falou nada de licença maternidade, ou passou mal, qualquer coisa assim?

— Não. Nem era louca. Ela não era casada e sabia que eu não iria admitir uma dessasinhas na minha casa. Um dia faltou, depois telefonou dizendo que tinha passado mal e ido no médico. Ele pediu um exame e ela ia fazer. Depois, como não trouxe atestado, eu fiz ela trabalhar num feriado para compensar.

— Que feriado?

— O 25 de janeiro, que nem é feriado aqui, só em São Paulo, mas essas empregadas todas não querem trabalhar. Eu trabalho de domingo a domingo e não recebo por isso. Vivo da caridade das pessoas que me querem bem porque eu sou uma boa cristã.

— Sei... Pierrette lembrou-se das heranças que ela recebia, mas ficou quieta.

— Depois faltou de novo no mês passado. E pediu para o meu filho mais novo pedir para eu não descontar o dia dela. Pior que ele veio pedir mesmo. Apelou pra minha caridade e outras coisas. No final eu deixei.

— O seu filho Juan de dezessete anos?

— Bem informada você, não?

— Li no jornal.

— O jornal nunca disse o nome do meu filho porque está morando no exterior... — Gilda deu o riso gargarejo.

— Garanto que a senhora não assina e lê todos os jornais... Li no interior – mentiu Pierrette.

— Ah, então foi isso – disse Gilda pensativa.

— Quando foi que ela faltou de novo? Perto da viagem do seu filho?

— Uns dez dias antes... — respondeu Gilda pensativa.

Depois, corou e olhou para Pierrette. Ela fechou rapidamente os olhos e fingiu pensar.

— No dia do crime não tinha ninguém em casa – continuou Gilda, meio apressada demais. — O Marcos caiu jogando futebol, que eu já disse que ao invés disso devia ir à igreja ou ajudar nas obras do VHP. Coisa do demônio esse futebol. Imagina que eu descobri que depois eles tomam banhos todos juntos em um corredor de chuveiros, todos nus!

— Eles quem, Gilda? — perguntou Pierrette já imaginando que Gilda havia descoberto que depois do jogo os amigos iam todos para algum tipo de bordel.

— Os jogadores! Todos ficam andando pelados um na frente do outro! E jogam sem camisa! Uma perdição. Fiz ele prometer para mim que vinha tomar banho em casa e nem entraria nesse tal vestiário do demônio.

— E ele prometeu? — perguntou uma incrédula Pierrette.

— Prometer, prometeu... Mas não sei se cumpriu.

— Sei... Ele não ouviu nada?

— Não, tinha tomado um analgésico e um anti-inflamatório e deu sono. Estava dormindo no andar de cima, no quarto deles, de porta fechada. A casa é grande e a gente não escuta nada que acontece embaixo, lá dos quartos, a menos que a tal Ludimila tivesse dado um baita berro, mas estraçalharam a garganta dela tão fundo que cortaram as cordas vocais também.

— Nossa! — Exclamou Pierrette surpresa, imaginando que tamanha violência deveria ser de alguém com muito ódio de Ludimila. Teria que verificar essa informação.

— Lá por três horas ele acordou com sede e desceu para pegar água. Encontrou ela jogada lá no chão, numa poça de sangue. Ligou para polícia e não mexeu em nada, pois viu de cara que não dava para ela estar viva. Nem pisou no sangue e por isso a polícia diz que ele não pisou nem olhou porque já sabia o que tinha feito! Se mexe eles incriminam porque mexeu, se não mexe, por que não mexeu?

— Eles têm os métodos deles, e funcionam, na maioria das vezes. A senhora sabe mais alguma coisa? E a hora que a senhora esteve na casa?

— Você sabe que foi por volta de duas horas da tarde. O carro da entrega me trouxe, eu era a entrega! — e deu o riso gargarejo. Entrei direto, nem fui à cozinha, subi, ouvi o Marcos roncando, como ronca aquele menino! Entrei no quarto, abri o armário, peguei a caixa de madeira onde ficam as cópias dos documentos dos carros e as chaves reserva, vira e mexe alguém perde uma, desci e voltei direto para o carro da entrega que me levou de volta ao supermercado para pegar o meu carro. De lá fui para São Paulo.

— Por que não disse para polícia que tinha voltado?

— Esqueci e achei que não era importante, já que deve ser um desses amantes dela que fez isso!

— A senhora tem certeza que ela tinha "amantes"?

Gilda deu o risinho gargarejo.

— Agora eu já sei de tudo! Vizinho, segurança, pedreiro, tudo isso entrava na minha casa quando eu saia. Lavei o quarto do fundo com água benta, devia ser ali que eles faziam as senvergonhices.

— Tem cama grande lá?

— Não...

— Melhor a senhora se certificar, devia ser em um quarto com uma cama bem grande – disse Pierrette séria, mas cheia de maldade.

Gilda ficou mais branca do que era.

— Meu Deus! Jesus, Maria, José, meu quarto!

— Melhor a senhora "esterilizá-lo" também... Já pensou quantas doenças e pecado não passaram pela sua cama?

Gilda, branca, começou a rezar um Glória ao Pai. Pierrette estava feliz de ter consternado a preconceituosa vizinha. Ao mesmo tempo, tinha dó dela. Se não descobrissem um criminoso e provassem sua culpa, ou iam condenar injustamente seu genro ou, para sempre, todos da família seriam realmente marcados, como já estavam, pela imprensa, como os suspeitos da morte de Ludimila.

Gilda terminou a oração e falou:

— Tenho de ir para casa agora mesmo. Vou passar na Igreja para pegar velas e água benta. Hoje à noite vou dormir no quarto de hóspedes com o Celso. Amanhã compro outro colchão. Você sabia que quando o Apocalipse chegar haverá trevas por muitos dias e somente velas bentas acenderão? Você devia fazer um estoque. Tenho um armário cheio. Você vai me ajudar?

— Não garanto nada, vou ver se descubro alguma coisa, meu negócio são contas e papéis, nunca fiz nada parecido.

— Pelo amor de Deus, tente, pelo menos tente – implorou Gilda, sem a máscara de dissimulação.

— Vou tentar. Já estou tentando. Mais uma coisa, antes da senhora ir. Seu marido chegou dos Estados Unidos no dia seguinte do crime, é isso?

— Sim, de noite. O voo até adiantou.

— Sei...

Gilda não sabia que o marido tinha chegado no dia do crime à noite, ou omitiu isso. Se ela não soubesse, realmente, aonde ele teria passado a noite e o dia seguinte, e por quê?

— Gilda, uma última coisa. Você me pediu para sondar esse caso. Tem certeza que quer que eu o faça?

— Como assim? Claro que tenho, senão não teria pedido.

— Então, vou lhe avisar. O que eu descobrir, seja o que for, eu vou falar. Se eu descobrir que o Marcos matou Ludimila, eu vou falar isso. E quaisquer outras coisas que eu descubra relacionadas a isso eu vou falar. Estamos combinadas?

Gilda exitou.

— Somente se tiver a ver com o caso, certo?

— Somente se tiver a ver com o caso e influenciar de alguma forma o resultado.

— Não tenho escolha. Certo.

— Se eu precisar, aonde a encontro?

— Vou lhe dar meu celular.

— E quero falar pessoalmente com Marcos.

— Tudo que você quiser será feito. Obrigada. O Espírito Santo me diz que fiz a coisa certa. Eu faria qualquer coisa para defender a minha família.

"Será?" — pensou Pierrette, fechando a porta.

CAPÍTULO 15

No dia seguinte, Pierrette voltou a dar tratos à bola no que se referia ao crime, que ela já havia meio que esquecido, quando viu que qualquer um poderia tê-lo cometido. Mas agora, ia ter que tentar descobrir o culpado, ou pelo menos provar, sabia lá como, que não havia sido os Ribeiro.

Foi para o computador e passou dois e-mails. Um para Natália, perguntando detalhes do atestado de óbito e necropsia da Ludimila. Outro, muito a contragosto, para Pacco, contando para ele o caso do Celso perdido, ou seja, o curioso fato de Celso ter chegado na noite do crime, mas só ter aparecido em casa no dia seguinte. Não devia ser nada, mas qualquer pista ajudava.

Feito isso, continuou sua rotina normalmente, não pensou muito no caso. Pretendia esperar alguma resposta para traçar um plano de ação, se é que alguma coisa ia surgir.

Umas três horas depois, seu celular tocou. Era Pacco.

— Pierritta Hayworth!

Ela logo descobriu quem era pelo cumprimento.

— Paquito! Recebeu meu e-mail?

— Poxa, não vai nem falar que estava com saudades?

— Eu não estava, Paquito...

— Assim você judia de mim, linda...

— Pacco! Dá para falar sério?

— Poxa, você me pede um favor e depois me trata assim?

— Não pedi favor nenhum, te dei uma dica que pode ajudar na investigação. Ajudou?

— Bom... — falou Pacco num muxoxo, sem graça – Pode ser que sim, pode ser que não. O fulano pegou um taxi de uma daquelas empresas cadastradas do aeroporto, pagou com cartão e deixou o endereço registrado lá, eles pedem para calcular o preço.

— Vocês foram lá?

— Nem sei se vamos. Ele foi no Copan. Chegou quarenta minutos depois que havia saído do aeroporto, vimos pela câmera de vídeo. Passou a noite lá e saiu no dia seguinte às três horas.

— Passou a noite lá? Algum apartamento da tal VHP?

— Não... No apartamento de um rapaz.

— Que rapaz?

Pacco cantarolou:

— Moreno alto, bonito e sensual... E não era eu!

— Cê tá brincando?!

— Não, passou a noite com um rapaz que faz filme pornô e cobra mil reais por uma noitada dessas. Segundo o garoto, o tal Celso aparece uma vez por mês lá. E o tal Celso é a "mocinha" da cena.

— Pacco, para de brincadeira, eu estou falando sério – disse Pierrete, irritada.

— Piera... EU TAMBÉM!

— E como você sabe esses detalhes todos, assim tão rápido, se nem foram lá?

— O garoto é informante da polícia, Piera! Você sabe que temos dos nossos em todo e qualquer lugar, ele verifica prostituição infantil para gente, no meio desse tipo de filme. Só tiveram que telefonar para ele e ele deu o serviço. Disse que o tal Celso é só fachada, mais afetado que uma donzela do século XIX! E na hora do bem bom ele...

— Poupe-me dos detalhes sórdidos, Pacco, como dizia aquela personagem de novela que eu nunca assisti, mas escutei e achei ótimo. Já ouvi o que precisava, ou o que não precisava. Pacco, não é nenhuma brincadeira sua, né?

— Piera, eu jamais iria levar adiante essa história com você se fosse, eu acabaria te dizendo que era mentira antes de você desligar.

— Então eu vou desligar agora, vai me dizer?

— Infelizmente não. É verdade, Piera.

— Sei... Obrigada, Pacco. Te devo uma.

— Quando vamos nos encontrar para você pagar?

— Você não tem jeito... — Pierrette riu e desligou o telefone.

Pensativa, rezou para que essa informação não tivesse nenhuma relação com o caso. Aquela família era mais torta do que a maioria de todas as famílias tortas. E posava como um poço de virtudes.

Ela lembrava-se de ter visto Celso algumas vezes. Alto, magro, careca, sempre de terno e gravata, até no domingo. Óculos fundo de garrafa, armação de tartaruga. Nunca o viu ter expressão nenhuma, nem de alegria, nem de tristeza, sempre uma cara de jogador de pôquer. Definitivamente estranho e sem graça. A única vez que ouvira ele falando com alguém, a voz era baixa e monótona, numa fala lenta que dava vontade de apertar o botão de acelerar a gravação. Aquele era o pai de família modelo de moral.

Pouco depois disso, a campainha do iPad, anunciando a chegada de um e-mail, tocou. Era de Natália. Perguntava se Pierrette não tinha visto a matéria sobre isso na TV. Por sorte não teve que dizer que não via TV, nem as notícias da amiga.

Em resumo, Ludimila tivera o pescoço cortado, porém o laudo de necropsia apontava como causa morte nem hemorragia, nem sufocamento, mas sim, seccionamento do nervo vago. Quem cortara o pescoço de Ludimila, o fizera muito baixo no pescoço. Havia dado um talho extremamente profundo. Cortara a tireoide com cartilagem e tudo e o nervo vago junto. Por isso Ludimila não gritara. Morrera antes de terminar de cair no chão.

Pierrette teve um calafrio e Dorotéia, que entrava na sala, perguntou o que era. Obviamente, Pierrette não disse nada para Dodô.

Um pouco mais tarde, o celular tocou novamente. Era Gilda. Pierrette ficou até sem graça de falar com a mulher ao telefone e acabou sendo mais amável do que desejava. Marcos estava indo ao condomínio buscar roupas e perguntava se podia falar com ela. Pierrette disse que sim, que estaria no quiosque comunitário para a aula de alongamento. Não era verdade, mas não queria receber o tal vizinho em sua casa. De repente ganhava a mesma fama da Ludimila. Ou pior. O mesmo destino.

Foi para o quiosque e meia hora depois Marcos apareceu. Apresentou-se formalmente e pediu desculpas por sua sogra estar incomodando Pierrette.

— No lugar dela eu acho que faria a mesma coisa, se alguém pudesse ajudar, e eu nem acho que possa – falou Pierrette.

— Qualquer esforço é válido. Perdi o emprego agora e estava alugando uma casa...

— Não diga. Vocês iam mudar?

— Não fale nada para Dona Gilda. Eu e a filha dela não aguentávamos mais aquele esquema de vida deles. Hora, roupa, reza, VHP... Quando eu conheci a Matilda, minha mulher, ela estava tendo uma crise choro. Ela e o Juan são os "ovelha negra" da família. Não aceitam muito as ideias e o modo de vida deles, queriam ser normais. A Matilda é bem esperta e faz exatamente o que eles querem para poder fazer o que ela quer. Nós nos gostamos e o único jeito de podermos olhar um para o outro era casando. Foi um ano de namoro e noivado no sofá com a irmã mais velha ou um dos velhos na sala. Nem pelo telefone podíamos falar. Nem sabíamos se isso ia dar certo, mas eu prometi para ela que tirava ela de lá. Casamos e Matilda acabou engravidando rápido, para delírio de felicidade e orgulho da família. Foi acidente total. Mas nossa filha é linda e nós estamos bem. Assim que a casa estivesse alugada, íamos ajeitar tudo e sair de lá de repente. Minha esposa ia sofrer, porque provavelmente ia dar pau e corria o risco de ser desprezada pela família, mas era isso ou ela enlouquecia. Eu também.

— Pelo menos dá uma história bonita — disse Pierrete imaginando o alto, magro demais, narigudo, cara cheia de espinhas e dentuço Marcos como herói de um conto de fadas com final feliz. Não combinava no físico, mas sim no espírito.

— Como foi que você ficou em casa aquele dia?

— Eu sou estagiário de um escritório de direito. Já estou lá há uns dois anos, e ganho algum por fora como Defensor Público. Estou começando. A Matilda ia dar aula em colégio de criança, é pedagoga. O meu salário dava para o aluguel e a gente ia se virar. Com a coisa em todos os canais de TV, perdi credibilidade e o escritório me despachou. Meus clientes da defensoria pediram para trocar de advogado. E nós dançamos.

Marcos era a imagem da frustração. Pierrette teve dó dele.

— Seus sogros não sabiam de nada da mudança, mesmo?

— Nem desconfiavam. Ainda não tínhamos fechado contrato e eu fazia tudo do escritório.

— O que aconteceu no dia do crime?

— Eu torci o pé depois do jogo de futebol. Não pude contar para Dona Gilda, mas escorreguei no vestiário depois do jogo. Ela me proibiu de tomar banho lá... — O rapaz pareceu meio sem graça.

— Não precisa me dizer por que, eu já sei.

— Pois é, parece praga da velha. Eu acho que estava correndo, nem sei por que, acho que com medo deles descobrirem, e escorreguei no piso molhado. Torci o pé, nada grave, fui ao hospital, enfaixaram, deram remédio e me mandaram ficar dois dias de molho que tudo ficaria bem. O pé ficou mesmo, mas a minha vida...

— Você lembra que hospital foi consertar o pé?

— Lembro, o mesmo que a Camilinha, minha filha, nasceu e do meu convênio, aliás, é do convênio que eu tinha quando estava empregado – e deu o nome do hospital.

— Você ouviu alguma coisa no dia do crime?

— Nada, eu apaguei depois do almoço, já estava sonolento, um dos remédios tem dipirona e isso me derruba. Acordei por volta de três horas, estava com sede, desci e topei com a cena. Liguei na hora para polícia e sobrou para mim.

Pierrette ia acionar Pacco de novo para descobrir se a medicação dada a Marcos tinha dipirona mesmo. Também ia sondar que médico Ludimila fora e para quê.

— O caso todo é muito vago. Eles não têm nada de prova definitiva que comprometa você e pode ter entrado qualquer um na casa. Vocês costumam trancar tudo?

— Só de noite, o último que entra tranca a porta da garagem e os velhos trancam a porta da frente quando vão dormir. A Ludimila abria de manhã.

— Como era ela?

— Legal, a gente ria. Quando todo mundo saía, eu e a Matilda, morríamos de rir com as histórias doidas dela que os velhos não podiam saber.

— Ela sabia da mudança de vocês?

— Não, acho que só eu e a Matilda sabíamos mesmo, morríamos de medo deles ficarem sabendo, só falávamos disso longe da casa, para não ter perigo.

— E as histórias de um monte de homem atrás dela, indo na casa?

— Olha, isso se tivesse ela não ia contar para gente, mas eu duvido. Só vi uma vez, cheguei mais cedo, o menino do vizinho na cozinha com uma mala cheia de coisas e a Ludimila comprando. Os seguranças compravam café e ela fazia para eles. E uma vez acho que vi o velho do vizinho lá, pedindo alguma coisa.

— Velho? Vizinho? — perguntou Pierrette.

— Seu Waldomiro, acho que é assim que ele chama.

— O que ele estava fazendo lá?

— Sei lá, a Ludimila ficou sem graça quando eu cheguei e perguntei depois, disse que ele estava reclamando do barulho do rádio. Mas ela só ouvia o iPod dela! Não entendi.

— Nem eu – pensou alto Pierrette.

— Como foi a mudança do seu cunhado para Illinois?

— Bom... Um dia a velha chegou em casa e o Juan tinha voltado mais cedo da escola. Ela o pegou falando com a Ludimila na cozinha. Deu um bafafá danado. Ela ameaçou despedir a Ludimila, mas a Ludimila falou alguma coisa que fez ela mudar de ideia. Porém, no dia seguinte começou uma movimentação, pediram para um figurão lá da VHP dar um jeito, o Juan tirou visto em uma semana e já foi para o colégio deles lá. Coitado. Chorava tanto. Ele também quer ser uma pessoa normal. Jurou que fazendo dezoito anos, daqui seis meses, volta e vai se virar, não quer mais ouvir falar dos velhos.

— Você acha que ele e a Ludimila...

— Não acho. Eu sei. Ele me contou todo gabola que tinha tido a primeira noite de um homem. E foi com ela.

— Lá no casarão?

— E onde mais? Ele não podia sair sozinho, nem falar com ela. Acho que no dia que a velha o pegou, ele tinha voltado mais cedo para tentar a segunda noite de um homem. Ele estava crente que a Ludimila tinha adorado ele e ia querer de novo. Olha, ela era uma boa menina. Mas a primeira rolou porque ele deu o iPod para ela. Ganhou de um tio e trocou pela noite que ele queria.

— Então ela era dessas?

— Não. Mas se pintasse alguma coisa que ela queria ou grana, não acho que ela negasse fogo não. Eu nunca tive nada disso com ela! — Marcos estava vermelho.

— Acredito, fique tranquilo. Você está apaixonado!

O olhar bobo voltou à cara de Marcos.

— É. Estou sim. A doideira deu certo e a gente tem uma filha linda. A Matilda disfarça bem a revolta dela com a coisa toda, mas o Juan é rebelde.

— E a Ludimila com seu outro cunhado e seu sogro?

— Ih, aqueles dois ali são totalmente iludidos e cegos com a moral da tal VHP, não olham nem para o lado. O Murilo quer fazer voto de castidade. E o seu Celso é um modelo de virtude, não é?

"Não, não é. Nunca foi". Mas Pierrette não podia dizer nada.

77

CAPÍTULO 16

Um e-mail de Pacco confirmou que a medicação prescrita a Marcos continha não só dipirona, mas um potente relaxante muscular que condizia com a sonolência extrema do rapaz. Pierrette, apesar de acreditar na inocência dele, estava ficando sem saída.

Se não fosse ele ou Gilda, que todos sabiam que estavam na casa, só poderia ter sido a pessoa que mudou a câmera. Allan, o garoto do vizinho, era muito improvável e ele também afirmava que só baixou a câmera uma vez.

Só restava a outra pessoa que tivesse baixado a filmadora, que podia ser qualquer um. Muito desanimada, abriu novamente a câmera de segurança do condomínio, sem saber direito o que queria. Pelo menos o filho de Gilda ia ver que ela estava tentando fazer alguma coisa, caso Pierrtte não chegasse a nada, o que já tinha quase certeza que iria acontecer.

Buscou o menu de câmeras que havia no condomínio. Realmente só existiam filmadoras em lugares que o patrimônio do condomínio tinha interesse, em locais perigosos de trânsito, ou para segurança do condomínio como um todo. Os próprios moradores haviam decidido que não queriam cada metro de rua fiscalizado, como no Big Brother, e os que não concordassem que fossem morar em outro lugar. A segurança nunca tinha falhado, pois somente muitos anos atrás alguns furtos haviam ocorrido e, se na época as câmeras existissem, também não teriam adiantado.

Foi revirando o menu e, sem ideia nenhuma, nem muito entusiasmo, verificou uma câmera que existia na esquina de cima de sua rua, há mais de oitocentos metros da casa dela. Depois iria verificar a filmadora que ficava mais lá embaixo, quase no fim da rua, há mais de quinhentos metros. Não ajudava, nem provava nada, mas pelo menos os veículos estranhos aos moradores da rua ela conseguiria identificar. Nenhuma das duas câmeras tinha o poder de chegar à imagem até sua casa, nem na dita "câmera dos micos".

Selecionou uma hora antes do crime e decidiu que teria que ver no máximo até a chegada da polícia. Perdeu uma hora nessa história e quando desligou, estava ainda mais frustrada. Os poucos carros que sumiram de vista das duas filmadoras ou eram de moradores que entraram em suas garagens ou tinham seguido direto e passado pela outra câmera. Somente três carros não seguiram essa regra. Um ela reconheceu como o carro de entrega que trouxera Gilda. Os outros dois ela guardou as características e as placas para averiguar.

Quanto a pedestres, a câmera de cima mostrava alguns empregados do condomínio, ou das residências, transitando. Alguns passaram em seguida pela câmera de baixo e os que não passaram, eram de casas pelo caminho. Dez minutos antes da hora estimada do crime e até vinte minutos depois, não houve pedestres movimentando pelas câmeras. O assassino estava restrito a umas três casas para cima da de Pierrete e cinco para baixo do casarão.

Desses, Pierrette eliminou quatro de cara, inclusive seus dois vizinhos à direita e à esquerda, que saiam cedo e voltavam tarde. Confirmou isso na câmera da portaria de saída de moradores, a mesma que eliminou mais três casas.

Do outro lado da rua, com o pátio de manutenção e a pracinha de lazer, restava somente uma casa que não era vista pela filmadora de cima e duas pela de baixo.

Das onze casas, ela havia eliminado sete. Das quatro que sobraram, uma casa era a dela, outra de Morgana e a outra a que morava a família de Allan.

A casa que restara pertencia a um senhor de idade, inválido, que morava com a filha e a família dela, duas crianças pequenas e o marido. Tinham uma empregada. O marido saíra cedo e seu carro não passou pelas câmeras nos horários que Pierrette viu. Restavam apenas a mulher e a empregada da casa, número 635.

Era muito pouco. Não imaginava um porquê da filha do dono do 635 querer matar a empregada do casarão, mas ia sondar. Também não podia jurar que mais ninguém poderia ter passado pelas câmeras ou estar lá antes ou depois disso. Era apenas uma busca desesperada por alguma pista.

Pierrette resolveu que seria interessante saber mais sobre as atividades da VHP. Ludimila havia dito alguma coisa a Gilda que a impediu de ser demitida na hora, quando foi encontrada com o garoto na cozinha. Será que ela andara ouvindo algo da tal sociedade?

Tentando limpar suas ideias, Pierrette admitiu que poderiam estar armando para Marcos levar a culpa. Gilda podia ter acionado a VHP para isso, caso tivesse descoberto alguma coisa da mudança, embora muito improvável. Se fosse isso, colocar Pierrette na história seria somente para ela comprovar o fato e, se assim fosse, ia encontrar facilmente um "rabo" que a levaria a essa conclusão, que era a que eles queriam. Resolveu esperar o "rabo" aparecer, se é que apareceria.

Enquanto isso não acontecia, montou um plano de ação para verificar a placa dos dois carros, os moradores da casa 635 e a própria VHP. Também pensou como sondar a ida de Ludimila ao médico.

Pegou o endereço que Tia Burghetinha enviara, lançou no Google e descobriu o telefone do advogado da Rua dos Aflitos, aquele que sabia muito sobre a VHP. Telefonou, mas ninguém atendeu.

Partiu para os outros dois alvos. Pôs a coleira no Boris e foi a campo. Primeiro subiu a rua e, para sua frustração, descobriu que um dos vizinhos tinha comprado um carro novo que era um dos dois que ela havia visto e não reconhecido. Do outro carro não descobriu nada, ia precisar do Paulo que trabalhava na administração.

Concentrou atenção no 635. Como sempre, havia saído todo mundo de casa, não havia carros, o senhor idoso devia estar sozinho com a funcionária.

Resolveu que iria arriscar ali. Voltou para casa, deixou o Boris para não atrapalhar e voltou até ao 635.

Tocou a campainha e aguardou. Logo a funcionária apareceu.

— Boa tarde! Eu sou a moradora da casa ali da esquina. Sua patroa está?

— Boa tarde. Tá não, dona, saiu. Ela trabalha de tarde. Tô sozinha com Seu Zózimo, mas ele tá dormindo.

— Bom, desculpe incomodar, não era nada importante. Talvez você mesma possa me ajudar. Com essa história da casa ali na frente, eu fiquei com muito medo e resolvi perguntar se por um acaso vocês não viram ninguém mexendo na câmera do 580.

— Ói, dona, a gente falou disso mesmo. Mas vi nada não. Ninguém. Nem seu Zózimo que fica aqui na frente vendo o povo passa. Si quiser falo pra Dona Marília liga para você.

— Não precisa incomodar ela não, era só uma tentativa mesmo. Você conhecia bem a Ludimila que morreu?

— Conhecia mais ou menos. Eu moro no bairro dela e a gente vinha junto ás vezes.

— E ela estava feliz no emprego?

— Tava sim, o povo daí é chato, mas ela enganava eles de boa. Era muito trabalho, mas disso ela num reclamava não.

— Você chegou a ver ela vendendo coisas lá no bairro?

— Vi sim. Era tudo bonito, caro, mais bonito. Ela comprava do menino do 620. Só gente chique compra dele.

— E vocês vinham sempre juntas?

— No começo não. Ela vinha com a Jandira, mais aí a Jandira entrava tarde e ela num podia. A Jandira vem com o marido, que é mecânico lá em São Paulo, e trazia ela quando ia pro trabalho.

— E o povo ficar falando que ia um monte de homem lá quando não tinha ninguém da família?

— Ói, eu vivo aí fora por causa do Seu Zózimo, vou ver se ele tá bem, leva suco, água, fruta... Vi de vez em quando alguma coisa, mas nada demais não. O povo fala, viu. Eu faço café pros segurança também, eles compram, pra toma fora da hora de descanso deles. Tem mais um monte de empregada que faz também. Isso num que dize que a gente num é direita.

— Claro que não, vocês estão colaborando com o serviço de todo mundo.

— Também num é errado não, até o chefe deles toma.

— Não, não tem nada de errado nisso, mesmo. Bom, obrigada. Acho que nunca vão descobrir nada mesmo.

— Ói, pelo vi que na TV, foi aquele moço marido da mulher que é filha da dona que matou memo. Só pode tê sido ele.

— Não. Pode ter sido muita gente, inclusive ele, mesmo, mas estão tentando colocar a culpa nele por não poderem achar outro culpado.

Pierrette estranhou a veemência com que falou isso, saiu sem nem ela pensar. Ainda bem que não foi alto, ou irritado, saiu normalmente, como uma explicação didática.

— A senhora acha, dona? — perguntou a funcionária, com expressão de pena e dúvida.

— Não só acho, como sei. Se condenarem ele só pelo que sabem, vai ser uma grande injustiça. Podem ter sido outras pessoas que nem suspeitamos, mas que por não sabermos que estiveram lá na hora, nem podermos provar.

— Ói, televisão é muito esperta, si eles acha, deve de ser...

— Não dessa vez. Bom, obrigada de novo, desculpe ter te tirado do seu trabalho.

— Nada, dona, tava suave. Aqui, apesar de muita gente, criança pequena e o Seu Zózimo, é tranquilo.

— Você que é muito simpática. E não acredite em tudo que a TV falar, eles querem só convencer a gente do que eles pensam.

Pierrette seguiu para casa. Realmente a opinião pública já condenara o pobre Marcos. Ela ia ter que falar de novo com Pacco e descobrir como caminhava a coisa juridicamente. Também ia pedir para ele descobrir o tal carro misterioso, que não devia ser nada demais.

Quando ia passando pelo casarão, percebeu que ela mesma não havia estado lá. Já eram quase seis horas, estava escurecendo, mas valia a pena dar uma olhada. Não ia descobrir nada mesmo. Devia estar tudo trancado.

O pequeno jardim da frente já dava ares de abandono. A garagem, só com um carro velho coberto de pó, estava cheia de folhas secas que o vento trouxe.

O pequeno portão do lado direito estava trancado. O corredor lateral também estava cheio de folhas secas e mato no canteiro. A porta da frente trancada. A porta do fundo da garagem abriu. Marcos devia ter esquecido. Era costume ninguém trancar aquela porta. Pierrette entrou.

Há uns quatro metros da porta da garagem ficava a porta da cozinha. Trancada. Como era de vidro, podia-se ver tudo. Uma mesa comprida. Lá no fundo a pia. "Na frente dela morreu Ludimila". Pierrette sentiu um calafrio.

Seguiu pelo largo jardim lateral. Em seguida à cozinha, uma grande janela panorâmica dava para o jardim e mostrava a sala de jantar em seu interior. Nos fundos uma grande varanda aberta tomava toda extensão da casa. Uma escada descia até um pequeno pátio. Do pátio, uma escada larga descia até o jardim do fundo.

O jardim do fundo devia ter vinte metros de extensão de muro, todos para o mesmo terreno atrás. Encostada no muro do fundo ficava a lavanderia. A lavanderia ficava enfiada no meio de enormes moitas malcuidadas de hervínias. Tinham mais de três metros de altura. Tomavam todo fundo do terreno e escondiam o muro do fundo. Eram impenetráveis. Tinham mais de dois metros de largura entre o muro e o pátio. Claramente, havia tomado conta de todo aquele canteiro, por falta de cuidado.

Pierrette foi até a varanda e olhou para dentro da casa. Sombras e pó. Lençóis cobriam os sofás. A claridade diminuía. De repente uma luz se acendeu, assustando Pierrette. Depois do sobressalto, percebeu que era reflexo de da luz de outra casa no vidro da janela. Olhou para trás.

Da varanda alta do casarão pôde ver, por cima da lavanderia, a cozinha de Angelita. Na janela estava Jandira. Devia estar fazendo hora extra, pois sempre saía às cinco da tarde. Pierrette, já mais calma, acenou para ela. Jandira, com as mãos na cintura, acenou para ela com a luva de forno.

Depois do susto, Pierrette resolveu voltar para casa. Resolveu arriscar telefonar para o tal sujeito que Tia Burghetinha falou. Dessa vez teve mais sorte, atenderam o telefone.

— Alô, eu gostaria de falar com Dr. Fabiano, meu nome é Pierrette Morgado e sou sobrinha de Dona Burghetinha.

— Ah, pois sim, como vai a senhorita? Sou eu, Fabiano.

— Boa noite, Dr. Fabiano, desculpe incomodá-lo nessa hora, mas tentei mais cedo e não consegui.

— Ah, pois sim, eu moro sozinho e estava trabalhando. Chego em casa por volta de seis horas, seis e meia. Hoje cheguei cedo.

— Tia Burghetinha me falou do senhor. Disse que o senhor sabe muita coisa sobre a VHP, e que seria interessante eu saber também. Ela está assustada por minha causa!

— Pois sim. Ela tem razão. Não gosto de falar isso por telefone. Eles têm gente em toda parte. Será que você poderia vir aqui? Problema é que eu só chego tarde.

— Não há problema nenhum. Quando seria bom para o senhor?

— Dona Burghetinha me falou que você iria ligar.

— Ela falou com o senhor?

— Mandou uma carta. Qualquer dia é bom para mim, somente as quintas-feiras que eu tenho um joguinho de cartas com os amigos velhos e chego por volta de dez da noite.

— No momento eu estou sem serviço também, poderia ir aí até amanhã, fica perto do metrô Liberdade, não é?

— Pertinho.

— Nesse horário eu prefiro. Deixo o carro na estação do trem aqui perto e troco para o metrô na Barra Funda.

— Então melhor chegar seis e meia mesmo, assim você não volta muito tarde para casa.

— Não, é tranquilo, Dr. Fabiano, em uma hora eu venho daí aqui.

— Ah, pois sim, sem problemas. Eu levo você até a estação depois.
— Então estarei aí amanhã seis e meia.
— Pois sim, você toma chá? Tenho uns muito bons que compro aqui dos chineses.
— Não precisa se incomodar, Dr. Fabiano. Não quero dar mais trabalho.
— Para mim é sempre uma novidade vir alguém aqui, tenho que comemorar. Tem gente que tem medo do Beco porque dizem ser mal-assombrado. Eu moro aqui há mais de trinta anos e nunca vi nada.
— Lendas urbanas, Dr. Fabiano!
— Pois sim, tem razão. Então até amanhã.
— Até amanhã, Dr. Fabiano.
Pierrette desligou o telefone.

CAPÍTULO 17

O dia seguinte amanheceu com uma garoinha chata, cinza e friozinho, atípico para o final de março. Como sempre acontecia, o frio e o dia cinza desanimaram Pierrette, que resolveu sair da cama mais tarde, mas acabou levantando quinze minutos depois, porque viu que não ia conseguir dormir.

Foi se arrumar e abriu a porta do quarto para o Boris sair. Depois, desceu e encontrou Dorotéia com uma salada de frutas pronta para ela.
— Bom dia, Dodô, salada de frutas!
— É, dia cinza eu tenho que agradar a senhora que fica tristinha...
— E frio... Ninguém merece!
— Pois é. Para completar tem greve de ônibus aqui na cidade, tive que tomar lotação e depois trocar para outra que vem pra cá.
— A que vem pelo bairro da Ludimila?
— É, vim com as meninas, elas até brincaram que eu devia vir sempre assim, aí a gente jogava conversa fora mais tempo que só da portaria até as casas que a gente trabalha.
— Falaram alguma coisa do caso?
— Quase nada. Tão esquecendo já. Todo mundo acha que foi o tal Marcos, que tem cara de cereal killer.
— Serial killer, Dodô! Cereal é aquilo que americano come com leite no café da manhã!
— Eu não sei falar esses francês que a senhora fala, Dona Pierrette, mas me ensina sempre para eu não parecer burra.
— Isso é inglês, Dodozinha. Mas me conta, não falaram mais nada?

— Nada. Só que descobriram que a Ludimila, além do namorado, estava saindo com um cara casado lá do bairro, mas nem sei por quê o espanto, ela saía com todo mundo.

— E não sabem quem é?

— Não, ela contou o milagre, mas não contou o santo. Segundo ela, estava apaixonada e ele também. Tava enrolando o namorado.

— Sei... Era mais velho?

— Ela disse que era um gato novinho...

Pierrette lembrou que ninguém do bairro podia ter entrado ali e, mesmo que tivesse não passou pelas câmeras, a menos que fosse no carro misterioso. Como já eram dez horas, telefonou para o Paulo na administração.

— Piera, o que você precisa?

— Obrigada pela dica das câmeras, Paulo. Só preciso saber uma coisa, eu vi um carro no dia do crime e não consegui descobrir onde foi.

— Sabe a marca e a placa?

— Sei sim – disse Pierrette, fornecendo os dados.

— Daqui a pouco telefono para você.

— Obrigada, Paulo.

— É sempre bom falar com você.

Pierrette desligou e ligou para Pacco. Pacco não estava. Ela deixou recado para ele telefonar para ela. Arriscou falar com Natália.

— Piera, que bom que você ligou! Estou meio sem assunto aqui no Brasil com o tal novo Papa e agora morreu um cantor de samba, não consigo uma manchete boa. Diz que você descobriu alguma coisa?

— A única coisa que tenho certeza, por enquanto, é que pode ter sido qualquer um e que não existe prova suficiente contra o Marcos, que eu, sinceramente, acho que é inocente.

— Menina, eu também. Eu até tento por isso em pauta, mas aí vêm aqueles apresentadores de programa de tragédia e descem a lenha nele, por não terem o que falar. Nenhuma novidezinha mesmo?

— Nada. Liguei para você para saber como está a coisa, juridicamente.

— Eles estão com o Marcos em liberdade, por causa do habeas corpus, mas a promotoria está louca para abrir processo contra ele como culpado, mesmo sem nenhuma prova conclusiva. Gilda e a mulher do Marcos...

— Matilda.

— Isso, Matilda, não podem deixar o país, pegaram os passaportes delas. Eu acho que ela descobriu que fui eu que avisei a polícia que ela estava na cena do crime. Me mandou um e-mail de protesto, dizendo que eu devia primeiro ter ido falar com ela.

— Típico dela. Pensando bem, isso prova mais uma coisa. Ela realmente não sabia que o marido já estava no Brasil se estava indo para lá.

— É mesmo! Descobriu o mistério dessa chegada não anunciada?

— Nada... — Mentiu Pierrette, vermelha e constrangida.

— Que pena.

— Tem uma coisa que eu descobri. A tal Ludimila não era nenhuma santa, mas também não era a devoradora de homens que falam.

— Mas isso não dá manchete nenhuma... — suspirou Natália, desanimada.

— Pois é. Assim que descobrir alguma coisa, se é que vou descobrir, conto para você.

— Obrigada, Piera. Você é linda!

— Você é mais!

Desligou o telefone. O cerco da mídia sobre Marcos fechava. Coitado. Gilda tinha razão, mas não precisava ser tão arrogante e poço de virtudes e moral, quando todo mundo sabia que ela não era.

A única coisa boa naquilo tudo, era que a mídia, por falta de assunto, estava chafurdando a tal VHP e já tinha descoberto e exposto alguns podres. Se o alicerce da coisa estava abalado com a divisão da sociedade, agora perigava ruir. Um mal a menos para a coletividade.

O celular de Pierrette tocou. Era Pacco.

— Oi, Paquito. Preciso da sua ajuda.

— Acho ótimo, assim você fica me devendo muitas e sai para jantar comigo.

— Se fosse só jantar eu iria, mas você chama outras coisas de jantar!

— Poxa, você me acha um Don Juan.

— E você é, Paquito. Mas vamos ao que interessa?

— Não tem outro jeito. Diga, minha linda.

— Vocês descobriram alguma coisa do DNA do bebê da Ludimila?

— Olha, o feto não tinha o DNA de nenhum homem que está associado ao caso.

— Nem o filho dos Ribeiro que foi mandado para os Estados Unidos agora?

— Chegou o exame dele outro dia, mas também não é ele. Ludimila fez teste de gravidez no posto de saúde do bairro, vinte dias antes do crime, mas não foi buscar o resultado.

— Sei...

— Não existe no mundo um banco de DNA, só de alguns criminosos famosos. Fica difícil.

— Imagino. Se eu precisar te mandar um material você consegue analisar para mim? Pode ser uma bobagem ou pode ser importante.

— Manda, eu me viro e você fica me devendo mais uma!

— Menos, Pacco, menos – Pierrette desligou o telefone, rindo.

Em seguida ligou Paulo da administração.

— Piera, o carro que você viu é do chefe da limpeza do condomínio, ele estava voltando do horário do almoço e estacionou no pátio de manutenção.

— Bom, valeu! Obrigada, Paulo.

— Estou às ordens sempre que precisar – disse ele num tom mais meloso, desligando o telefone.

À tarde, na academia, a menina da lanchonete mostrou a Pierrette uma nova linha de sucos vitaminados, de baixa caloria. Pierrette adorou e resolveu comprar alguns para tomar em casa. Afinal, Coca Zero na academia e depois da caminhada nem pensar, e ela já estava cansada dos isotônicos de sempre. A caminho de casa, subitamente, descobriu a resposta para o que queria fazer, mas não sabia como. Guardou o Fiat 500 na garagem, entrou depressa, pois já eram quatro da tarde, pegou o Boris, uma pochete térmica de corrida e se mandou. Sentou-se na pracinha do lixo reciclável e ficou esperando.

Vinte minutos se passaram e ela viu Jandira saindo da casa de Angelita. Levantou-se depressa, pegou o copo que estava aberto ao seu lado com o tal suco e começou a caminhar distraída em direção à ela. Quando Jandira a viu, Pierrette acenou.

— Oi, Jandira! Nem te agradeci direito. Obrigada por ter arranjado a Rita para ficar comigo nas férias da Dodô. Ela foi ótima.

— De nada, Dona Pierrette. Precisando me fale.

— Você quer um suco? É novidade, comprei na academia, lançaram agora, é delicioso! Experimenta!

Enquanto falava, Pierrette já foi abrindo a pochete, tirando um copo do tal suco, abriu a tampa e enfiou na mão de Jandira.

— Obrigada, não precisava...

— Veja que delícia!

Jandira, que não era acostumada a esse tipo de bebida, bebeu, sem achar muito bom, mas disse que era ótimo.

— Você está indo embora?

— Sim, já terminei hoje. Tem dia que sai mais cedo, tem dia que estoura o horário, que é o mais normal de acontecer. Eu gosto da Dona Angelita, mas trabalhar aí é pesado.

— Muita gente, né? Eu vou até o jornaleiro, lá na portaria, ia deixar o Boris, mas vou aproveitar a sua companhia.

— Eu tenho que andar depressa, está na hora do ônibus.

— Então vamos logo.

Seguiram falando sobre amenidades. Jandira falou da família com orgulho. O filho casado, as filhas cheias de problemas, mas que ela defendia, o marido trabalhador que, segundo ela, era o melhor mecânico do mundo, disputado por oficinas de carros importados e tudo mais. Reclamou um pouco da filha solteira que tinha quatro filhos e vivia na casa dela, sem trabalhar nem cuidar das crianças, mas no final disse que era uma das melhores filhas do mundo. Típico de uma mãe que não enxerga a realidade, de tanto amor no coração.

— Eu faria qualquer coisa pela felicidade da minha família – disse Jandira, orgulhosa.

Quando estavam chegando à portaria, havia uma lixeira e Pierrette jogou seu copo fora. Jandira ainda tinha um pouco de suco no seu, mas descartou o copo também.

Passaram a portaria, Jandira parou no ponto do ônibus e Pierrette entrou na banca de jornal e comprou uma revista qualquer. O ônibus chegou e Jandira embarcou, acenando alegremente. Pierrette acenou também. Entrou no condomínio rapidamente e caminhou decidida, para a lixeira. Por sorte ela estava meio cheia e os copos estavam bem em cima. Pegou uma das sacolas higiênicas para cocô de cachorro do dispensador ao lado e, com a mão enfiada dentro dele, delicadamente e sem tocar na borda do copo, recuperou copo de Jandira da lata do lixo.

Seguiu para casa. No meio da subida, deu de cara com Angelita, que não estava com uma cara feliz.

— Boa tarde, Pierrette – falou, com a voz rouca, baixa, arfante de sempre, porém áspera.

— Oi, Angelita! Faz tempo que não te vejo.

— É, mas a minha funcionária você tem visto sempre.

— Não, encontrei ela agora, somente...

— Mas e aquela história de estar precisando de alguém e ter ido falar com ela?

Pierrette explicou o caso das férias súbitas da Dorotéia e porque havia recorrido a Jandira.

— Ah, tá... — falou Angelita, meio na dúvida, meio acreditando – Você não está querendo roubar minha empregada, tá, Pierrette?

— Imagina! Você achou isso, Angelita?

— Já me levaram uma, uma vez, então eu fico de pé atrás...

— Eu jamais ia fazer isso. A Dorotéia é tudo de bom, não deixo ela ir embora nem que tenha que pagar em ouro! Só precisei mesmo porque precisava ficar um pouco com uma tia no interior, não queria deixar a casa sozinha e a Dodô necessitava tirar uns dias. Nunca faria isso com você nem com ninguém.

— Ah, tá... — disse Angelita, com uma cara meio convencida da verdade.

— Com essa história da menina que ela indicou e mataram, fiquei com medo de perder ela – continuou Angelita.

— Bom, se fosse assim, para casa do lado que ela não iria, não é? — brincou Pierrette.

— Eu achava que o condomínio devia proibir empregada que trabalhou numa casa de trabalhar em outra em menos de um ano. Elas sabem tudo que acontece na casa da gente e depois trocam de emprego e ficam falando o que não deve, e até inventando.

— Eu tenho a Dodô desde que cheguei aqui, então não sei.

— É, sabem tudo, ouvem tudo e comentam tudo quando mudam de emprego.

Pierrette riu da ingenuidade da outra, que achava que as funcionárias só falavam o que acontecia na casa dos patrões quando mudavam de emprego. Ao mesmo tempo, quis saber o que Jandira sabia de errado da casa da Angelita.

— Mal-entendido resolvido? — perguntou sorrindo para Angelita.

— Desculpa, Pierrette, a gente nem sabe o que pensar ultimamente. Eu ando tensa com a Jandira. Ela anda estressada com a família e desconta tudo aqui em casa. Toda hora fala que vai embora, que o horário é puxado, que ganha pouco... Você sabe como é.

— Sei... — disse Pierrette que não sabia de nada, porque Dorotéia era, realmente, um achado na sua vida, há mais de dez anos.

Resolveu oferecer um suco para Angelita, mas não se preocupou de resgatar o copo.

Despediram-se e ela voltou para casa. Então era esse o motivo de Angelita ter falado duro com Jandira quando ela estava com Pierrette no telefone. Seria?

Voltou para casa. Tomou banho, trocou de roupa. Hora de ir encontrar Dr. Fabiano, no centro de São Paulo. Dirigiu até a estação de trem próxima, estacionou o Fiat 500 e embarcou no moderno trem metropolitano que chegou em seguida.

CAPÍTULO 18

Pierrette desceu do metrô exatamente às seis e vinte da tarde. Devido ao dia cinza, a garoa havia parado, mas já estava escuro como noite, antes da hora. Andou o pequeno trecho da Rua dos Estudantes, já começando a ficar deserta, e virou na Rua dos Aflitos.

O Beco dos Aflitos, como é conhecida a viela estreita e sem saída, tem fama de mal-assombrada. De paralelepípedos, termina na espremida Igreja dos Aflitos.

Em 1774, ali existia o primeiro cemitério da cidade de São Paulo. Como os ricos eram enterrados em igrejas, ou no terreno ao redor delas, haja vista o cemitério da Ordem Terceira do Carmo. Hoje é um salão da igreja do mesmo nome, no Largo de São Franciso e ninguém sabe que ele está lá, mas se olhar pelos janelões, ao lado da igreja, vai ver um monte de túmulos dentro de uma sala. Naquela época, os pobres não tinham onde ser enterrados.

Construíram o Cemitério dos Aflitos para os pobres, indigentes, não católicos em geral e para os criminosos. Ali eram enterrados os enforcados que eram executados na forca, que se situava exatamente onde é a Praça da Liberdade. Na Igreja dos Enforcados, que fica na Praça da Liberdade mesmo, há uma grande cruz de madeira preta que pertencia ao cemitério.

Depois construíram, dentro do cemitério, a Capela dos Aflitos, que foi tudo que restou da época.

Em meados de 1800, foi criado o Cemitério da Consolação e os corpos enterrados no Cemitério dos Aflitos foram mandados para o ossuário de lá. Porém foi tudo feito às pressas e sem uma documentação adequada, o que leva a crer que existam corpos desconhecidos ainda, embaixo da capela.

O município e a cúria lotearam a área toda do Cemitério dos Aflitos, restando somente a estreita viela e a espremida Capela dos Aflitos. O dinheiro dos terrenos foi usado para construção da Catedral da Sé. Portanto, nada assegura que nos alicerces dos prédios do Beco dos Aflitos não haja corpos de criminosos enforcados que assombrariam o local.

Pierrette conhecia essa história, mas não era supersticiosa. Entrou na ruela como entraria em qualquer lugar e seguiu, procurando o número do prédio. Tocou o interfone às seis e meia em ponto. Dr. Fabiano atendeu depois da algum tempo, abriu a porta e Pierrette subiu pelo velho elevador.

Dr. Fabiano era um senhor alto, magro, meio curvado pela idade, mas ainda cheio de força. Usava calça de tergal e camisa de mangas curtas amarelo-claro. O cabelo, ainda abundante e comprido, era quase todo branco e penteado todo para trás, com gel. Tinha um grande bigode grisalho, o rosto muito cheio de rugas e, inusitadamente, queimado de sol para quem morava no centro de São Paulo. Os olhos azuis e um grande nariz adunco. Um velhinho típico do interior no coração da capital.

— Boa noite, minha menina, você é pontual.

— Não gosto de me atrasar mesmo, Dr. Fabiano. Muito prazer.

— Eu que fico encantado de receber uma moça bonita e sobrinha da minha amiga Dona Burghetinha.

— O senhor conhece Tia Burghetinha há muito tempo?

— Pois sim, tem tempo sim, desde 70, mais ou menos. Mais de quarenta anos!

— Poxa, isso é amizade!

— Quando nos conhecemos na tristeza, as coisas duram mais.

— Como vocês se conheceram?

— Você deve saber a história da sobrinha dela que morreu, não?

— Sim, filha do irmão dela.

— Pois sim. Nessa época, meu irmão havia desaparecido e eu andava procurando por ele. Dona Burghetinha andava preocupada com a tal sobrinha. Ela havia se envolvido com um povo estranho que a estava isolando da família. Já tinha idade, era solteira e tinha herdado uma fortuna do pai, fazendas e tudo mais.

— O tal povo estranho era a VHP?

— Sim, na época tinham outro nome, esse é recente, brigaram lá e se dividiram, um querendo comer o outro e nenhum dos dois prestando. Eles começaram a bajular a senhora, dar presente, fazer festa e chamar ela para rezar. Era muito católica e achava bonito aquelas cenas que eles gostam de fazer para dizer que são mais católicos que os outros e nem os padres gostam.

Pierrette lembrou-se de Gilda no carro de entregas e na sua própria casa, com a cena do Angelus.

— Foram apresentando a tal sociedade para ela e logo começou a ficar estranha, fazia donativos, chamava o povo da família para participar da tal "maravilha" que havia descoberto. Ninguém gostou muito. Em seguida, quando alguém ia visitá-la, sempre encontrava alguém da tal VHP por lá. E o tal membro da VHP que estava por lá sempre fazia questão de ser desagradável. Foi que foi, que ninguém queria mais ir visitá-la. Só Dona Burghetinha que ia domingo sim, domingo não, de tarde. A sobrinha morava em um casarão de quarteirão em Higienópolis.

— Eu lembro disso, eu era pequena e ela ainda ia lá nos domingos, cheguei a ver o casarão.

— Pois sim, aí eles inventaram dela, se chamava Anja, fazer um lanche para eles depois da missa. Foi que foi, mudaram o lanche para casa deles e Dona Burghetinha ficou sem o horário de visita dela. Ela ainda tentou, mas ficou cada vez mais difícil. Por fim, Anja ficou doente e eles começaram a cuidar dela, dizendo para ela que tinha sido abandonada pela família. Foi que foi, que ela piorou e mudaram ela não se sabia para onde. Dona Burghetinha me conheceu nessa época. Eu procurava meu irmão, que era novo, mas tinham levado ele para uma vida maravilhosa no tal colégio e eu nunca mais soube dele depois que recebeu a herança dos nossos pais, que não era grande coisa.

— E foi a VHP?

— Sim, eu lembro quando ele começou a ficar com uma cara estranha, sem expressão, olhar vidrado e só falando deles. Até que foi para o colégio. Em seguida, mudou para uma casa deles, nossos pais morreram e nunca mais soube dele. Até hoje.

— O senhor ainda procura?

— Sim. Comecei a investigar a tal VHP e foi assim que Dona Burghetinha me conheceu. Queria ver se eu sabia alguma coisa para ajudar a tirar a tal Anja de perto deles, mas depois descobriram que ela tinha adotado uma fulana bem rampeira de lá e ela tinha mais direito que Dona Burghetinha sobre a Anja, por ser filha. Sumiram com ela e mandaram avisar, uns dois anos depois, que ela tinha morrido e já tinham enterrado.

— Que estranho... Eu sabia mais ou menos dessa história. Por isso Tia Burghetinha tem tanto medo deles.

— Pois sim, tem razão. Ficaram com toda herança da Anja. Mas isso pouco importava para Dona Burghetinha. Ela queria era ter cuidado da sobrinha, até porque Dona Burghetinha tem muito mais do que ela. Andaram sondando-a também, mas ela despachou eles rapidinho. Parece que até o cachorro soltou atrás de um casal que apareceu lá depois que a Anja morreu.

— É bem típico de Tia Burghetinha quando está brava.

— Bom, vou te mostrar o que eu tenho de arquivo deles e dizer um pouco do que eu sei.

— Obrigada, Dr. Fabiano.

Pierrette estava achando que aquilo não iria dar em nada, mas como gostava dos "causos" de antigamente, estava prestando atenção e gostando da visita. Acompanhou Dr. Fabiano até um dos quartos do apartamento. Quando ele abriu a porta, ela assustou. Havia estantes e mais estantes, caixas, fichários, arquivos de aço e até um cofre grande no quarto.

— Esse é meu arquivo da VHP.

— Isso é que é um verdadeiro arquivo!

— Eu junto tudo deles. Escaneei alguns documentos para você. Você tem e-mail?

— Tenho sim.

— Se você puder me dar. Eu ponho no pen drive e mando para você da lan house. Eu não uso a minha internet daqui para isso. Não sei se eles estão me investigando. Assim como não falo disso no telefone, como te falei. Nem celular eu tenho.

— O senhor acha tão perigoso assim?

— Pois sim, aí é que está! De errado mesmo, com prova, eles não fazem nada! Eles andam no limiar da lei, mas nada do que fazem pode ser provado, nem errado é. Eles atiram para todo lado e quem cair na lábia deles, dançou. Se percebem resistência, tiram o time de campo rapidinho. Mas quando a lei está do lado deles são implacáveis e ninguém até hoje conseguiu recuperar o que eles tomam.

— Mas crime essas coisas?

— Na época da ditadura, eles tinham gente que fazia tortura. E alguns desafetos deles sumiram, mas por obra dos militares. Como eu digo, eles agem por trás. Até hoje não consegui provar nada, apesar disso tudo. Isso que me frustra. — Enquanto falava, ia revirando papéis e pastas. Pegou uma foto.

— Essa é a tal família que engrupiu a Anja.

Na foto, havia um casal com duas moças, três rapazes e algumas crianças. Pierrette sentiu o sangue gelar. A mãe da família a fez lembrar e, ao olhar para a filha mais velha, reconheceu, definitivamente. Era Gilda Ribeiro.

Controlou-se e não disse nada. Dr. Fabiano podia falar com Tia Burghetinha e a tia ficaria preocupada à toa.

Pierrette deu o e-mail para ele, que prometeu lhe enviar os documentos no dia seguinte.

— Vou continuar procurando alguma coisa que ache interessante e lhe aviso depois.

— O senhor foi muito gentil, Dr. Fabiano.

— Ah, aqui está a pasta com tudo que eu tenho em cópia, pode levar. Pois sim, você poderia descobrir alguma coisa para nós conseguirmos acabar com eles.

— É. Pode ser... — Pierrette lembrou-se do tal garoto de programa.

— Obrigada, Dr. Fabiano.

— Vou levar você no metrô.

— Ih, não se incomode, ainda não são nem oito horas e ainda tem gente na rua. E acho que as assombrações só mais tarde, né?

Seu Fabiano riu, divertido.

— Pois sim, nunca vi nada não, mas de repente eu não sou sensitivo, como eles dizem! Tem gente que fala que ouve coisa caindo sem explicação, gemido e tal.

Pierrette riu, despediu-se e entrou no velho elevador.

O elevador descia lento. Estalava. Ela lembrou-se da história de prima Anja. Da foto de Gilda Ribeiro. Do caso do irmão desaparecido do Dr. Fabiano. Da VHP andar no limiar. De nada comprovar que era criminosa. Que podia ser uma organização assassina. Que torturavam. Que faziam lavagem cerebral.

O elevador parou com um tranco que assustou Pierrette. Ela estava nervosa. Saiu pelo hall escuro do prédio. Custou a achar o botão de acionamento da fechadura eletrônica. A noite estava escura. Algumas luminárias japonesas da rua estavam queimadas. A luz amarela deixava o beco sombrio. Garoava de novo.

Pierrette saiu para o frio. Não havia ninguém na rua. Parecia que o beco era imenso. A esquina parecia estar muito longe. Ela não queria correr. Tinha medo de escorregar no paralelepípedo com seu salto baixo e fino.

Havia reentrâncias de entradas de prédios. Pareciam bocarras negras. Passou por uma. Teve medo da outra. Estava assustada. Não sabia por quê.

Lembrou do cemitério, dos enforcados, dos corpos que podiam estar ali embaixo.

Mais uns trinta metros. Já ia sair dali.

A outra rua era movimentada. Iluminada. Não queria correr. Outra bocarra negra para passar. Poderia estar pisando em uma sepultura. Algo gelado raspou seu tornozelo. Ela ouviu uma voz sobrenatural.

Pierrette Morgado Gobbo esqueceu toda postura. Deu um grito. Disparou. Chegou ao Metrô em menos de um minuto. Entrou no trem e ficou ofegante.

Pouco depois começou a rir dela mesma, pois ela havia visto, segundos antes do "puxão nas canelas", um gato molhado vindo em sua direção. Mas as histórias todas a haviam tirado do sério.

CAPÍTULO 19

No dia seguinte, Pierrette dedicou-se a examinar os documentos que o Dr. Fabiano Moreira havia colocado na pasta. A maioria dizia respeito a sua prima Anja e a família de Gilda, a qual a mãe fora adotada por ela, sendo, portanto, Gilda sua "neta" pela adoção. Não havia nada muito importante para o caso do condomínio.

Um documento dizia respeito ao desaparecimento do irmão de Fabiano, Rafael. Ali sim, havia uma sugestão de investigação criminal, mas nada foi provado.

Os outros papéis eram ações movidas por familiares contra membros da VHP, que haviam levado a melhor em heranças e testamentos. Havia um único caso em que um herdeiro necessário tinha sido preterido no testamento, mas a VHP imediatamente fez um acordo, lógico que favorável a ela mesma e a pessoa envolvida aceitou para não perder anos brigando na justiça. Tudo dentro da lei. Mas não da moral.

Pierrette estava desanimada. Achara que a visita iria render alguma coisa. Só lhe restava aguardar o e-mail do Dr. Fabiano, caso ele encontrasse algo interessante.

O dia, ainda cinza, passou rotineiro e preguiçoso. Ao entardecer, Pierrette resolveu fazer uma visita à Morgana. Fazia tempo que mal falava com ela, constrangida com suas suspeitas. Mas tinha que levar a tarefa adiante.

Pegou copos do seu novo suco e rumou para a casa de Morgana. Mal pisou no jardim, a porta se abriu e apareceu Seu Waldomiro.

— Piera! Que bom que veio. Entre, entre. Morgana está lá no fundo. Vamos comer pizza?

— Adoraria, Seu Waldomiro.

— Então sete e meia eu peço. As de sempre?

— Sim, está ótimo!

Seu Waldomiro era encantador. Só quem vivesse dentro da casa dele, ou soubesse o que ele era capaz de aprontar, conhecia seu verdadeiro modo de ser.

— Vou lá falar com a Morgana.

Encontrou Morgana no jardim dos fundos, encasacada, cuidando de uma orquídea.

— Piera! Estava com saudades!

Ficaram jogando conversa fora e quase não falaram do crime. Morgana riu muito com a história do Beco dos Aflitos, que Seu Waldomiro adorou, pois tinha ido juntar-se a elas. Hora de Pierrette agir.

— Trouxe um negócio delicioso para vocês! É lançamento.

E distribuiu os copos de suco. Morgana adorou, Seu Waldomiro também. Pierrette fez questão de ir jogar os copos no lixo para não atrapalhar Morgana e, rapidamente, guardou de volta na bolsa térmica o copo de Seu Waldomiro.

Nada de diferente aconteceu, comeu a pizza e foi para casa. Na manhã seguinte, telefonou para Pacco e, depois das cantadas cansativas de sempre, ele ficou de enviar alguém da polícia científica para pegar os copos para análise do DNA. Pierrette catalogou e ensacou separadamente os dois. Seis dias até acontecer alguma coisa. Mas não levava fé.

Depois da academia, para aproveitar que a roupa já estava suja, foi até o casarão. Perdeu um bom tempo examinando o muro do fundo e a tal hervínea. Apesar de o muro ter somente dois metros de altura, era quase impossível passar pela planta. Olhou, olhou, tentou passar em um ou outro ponto. Nada.

Entrou na lavanderia. Também não dava para se fazer nada dali, a menos que se subisse no teto, cujas telhas finas de plástico transparente deixavam claro que não aguentariam o peso de nenhum adulto. Era mais um barracão. Do lado direito, a hervínia estava invadindo a lavanderia. Do lado esquerdo, havia um pequeno vão bem no alto, mas também seria difícil passar sem ter que se podar ou quebrar muitos galhos. Chacoalhou um feixe delas. Ouviu um grito.

— QUEM ESTÁ AÍ?

— Desculpe! Sou eu, Pierrette. Prometi para Gilda que daria um jeito nessa planta porque ela quer melhorar o casarão que pretende vender.

— Nossa, Dona Pierrette, a senhora quase me mata de susto. Sou eu, Jandira, estou aqui recolhendo a roupa que lavei e escutei barulho, depois a planta tremeu. Parecia uma assombração. Deus me livre.

— Desculpe tê-la assustado, Jandira – continuou a conversa por cima muro, sem que uma visse a outra.

— A senhora não devia ficar aí. Eu acho que o lugar está mal-assombrado. A senhora não tem medo?

— Não acredito nisso não – disse Pierrette, tentando não rir de si mesma na noite anterior. — Já vou para casa. Acho que vou aconselhar ela a chamar um jardineiro e arrancar isso tudo.

— É... talvez seja melhor mesmo... — respondeu Jandira.

— Jandira, que horário o marido da Angelita sai de manhã?

— Sai todo dia às seis da manhã, senão fica preso na estrada e não chega no serviço.

— É em São Paulo?

— É, lá no centro, não sei direito onde.

— Coitado, deve sofrer com o trânsito.

— Eu sei de nada não, mas acho que ele até gosta. Assim só chega tarde, dorme e vai embora cedo.

Pierrette tinha uma nova ideia, mas não podia exagerar com Jandira. Teria que descobrir uma maneira de investigar e dessa vez, suquinho não ia ajudar.

Foi para casa e depois de tomar banho e pôr outra roupa, sentou-se no quarto dos livros e ficou olhando para eles. Eles sempre tinham a resposta.

O final de semana passou lento, frio, cinza e preguiçoso. Pierrette aproveitou para ver todas as séries de mistério que gostava.

Segunda-feira, cinco quarenta e cinco da manhã, estava vestida, a bordo do Azera branco, parada na esquina de sua casa com o motor ligado e faróis apagados. Havia se maquiado com uma base mais escura, óculos grandes ao invés das lentes de contato. Vestia uma bata amarela, para fazê-la parecer mais morena. Prendeu os cabelos.

Às seis em ponto, o carro do marido de Angelita passou por ela. Pierrette esperou alguns instantes e foi atrás. O antiquado Corola dele não seria páreo para o motor do Azera dela. Deu uma vantagem para ele e como conhecia a estrada, sabia onde devia deixá-lo ir, até permitindo um ou outro carro entrar entre eles. Chegando à rodovia, seguiu sempre trezentos metros atrás, colando mais quando aparecia alguma saída que ele podia pegar. Não aconteceu. Ele seguiu direto para São Paulo, até o centro.

Chegando à Praça Roosevelt, ele entrou em um estacionamento. Pierrette entrou no estacionamento do lado, enfiou uma touca jamaicana reggae na cabeça, que lhe cobriu todo denunciante cabelo ruivo acobreado claro. Quem a visse jamais a reconheceria.

Ficou à espreita na porta do estacionamento. Logo em seguida, o marido de Angelita saiu de lá, conversando alegremente com o manobrista. Eram sete da manhã. Pierrette deu um tempo e foi atrás.

Ele parou na banca de jornal e começou a conversar com o vendedor. Pierrette atravessou a rua. Dez minutos depois, ele seguiu, jornal embaixo do braço. Pierrette caminhou do outro lado, a uma boa distância. Ele atravessou para o lado de Pierrette. Atravessaram a Rua da Consolação e entraram na Av. Ipiranga. Pierrette ia bem atrás agora. Não havia movimento ainda, pois era cedo demais para o centro velho. Ao chegar à entrada da galeria do Edifício Copan, o marido de Angelita entrou.

Pierrette ficou assustada. Será que ele iria para o mesmo lugar que o tal Celso Ribeiro? Mas não. Ele logo parou em uma lanchonete e começou a falar animadamente com o atendente. Era uma pessoa simpática. Pediu uma média e um pão na chapa.

Pierrette sentou-se na outra ponta do balcão. Estava um pouco nervosa. Estavam, praticamente, só os dois e mais um cliente. Será que ele a reconheceria? Ela havia falado com ele só umas duas vezes e ela sabia que o que mais chamava atenção nela era o cabelo ruivo. Pediu um suco de laranja e um sanduíche de peito de peru com queijo branco. Comeu depressa. Ele não parecia ter pressa.

Cinco para as oito ele levantou-se, disse para pôr o café da manhã na conta e saiu. Pierrette, assim que ele saiu, sentou onde ele estava, pegou a xícara de café que ele usava e trocou com a do cliente que havia acabado de sair, prendendo o atendente no caixa. Guardou a xícara em um pote descartável dentro da enorme bolsa de couro natural. Pegou outra xícara na pia, por cima do balcão e correu para o caixa para pedir a conta e prender o atendente mais um pouco ali.

Pagou, passou pela mesinha onde tinha pego a xícara e colocou em seu lugar a xícara limpa. Deu seis reais de gorjeta, meio que para "pagar" a xícara que ia roubando.

Saindo da lanchonete, dançou o Tica Tica Bum, mentalmente. Ela havia conseguido. Voltou para o estacionamento. Pediu seu carro. O veículo chegou e, quando ela ia entrar, ou viu uma voz atrás dela:

— Pierrette, o que você está fazendo aqui a essa hora?

A voz era em tom de quem estava tomando satisfações e não de curiosidade.

Voltando-se, Pierrette deu de cara com Angelita. Ela tinha que ganhar tempo e pensar no que dizer.

— Angelita! Você caiu da cama?

— Eu sempre caio. Você que não costuma cair.

— Pois é, estou fazendo hora, se sair agora do condomínio não chego aqui nunca. Vou na Galeria do Rock, que abre as nove, e resolvi fazer um visual Reggae.

— Engraçado. Bem aonde meu marido trabalha...

Angelita não estava com cara nem um pouco divertida, e sim carrancuda.

— Ele trabalha na Galeria?

— Não, você não sabe onde ele trabalha?

— Não, como eu saberia?

— Amiga da Jandira como você anda... Espero não estar lhe dando a dica, mas ele trabalha no Itália, se já não souber.

Pierrette preferiu não confrontar Angelita. Ela devia estar com alguma minhoca na cabeça.

— Que coincidência. Você veio com ele?

— Não...

Pierrette percebeu que ganhou a vantagem da conversa, pois se a outra achava que ela tinha vindo encontrar o marido dela, devia saber que Angelita não podia ter vindo junto.

Angelita, sem jeito, mas não simpática, disse que o marido, Carlos, havia esquecido um documento importante da reunião da tarde e ela não conseguira falar com ele e tinha vindo atrás.

Pierrette fez um comentário sobre homens distraídos e mulheres resolvendo sempre as situações difíceis em que eles se metiam. Despediu-se, entrou no carro e partiu.

No futuro, ia comprar um Gol prata e deixar longe da casa dela. Assim podia andar anônima sem seus carros diferentes a denunciarem. Ou Angelita estaria seguindo o marido, desconfiada de alguma coisa?

CAPÍTULO 20

No caminho de volta, telefonou para Pacco. Ele já estava na polícia científica, às voltas com o caso de uma chacina na periferia. Pierrette perguntou se ele podia pegar a nova xícara para fazer o exame de DNA. Pacco disse que se fosse rápido, poderia esperá-la na porta, assim ela não precisava estacionar. Ela disse que ligaria quando estivesse mais próxima. Continuou descendo a engarrafada Rebouças de sempre.

A sede do DHPP era perto da estrada que ia para o condomínio. Entregou a xícara a Pacco e foi para casa. Ao chegar, Dorotéia teve um ataque de riso quando a viu e Boris, olhou duas vezes antes de reconhecê-la. Somente o distraído Pacco achara seu visual normal. Foi para o quarto voltar a ser Pierrette Gobbo.

Depois do almoço, ligou para Gilda. Contou que não havia feito progresso nenhum. Gilda meio que se desculpando, falou que era melhor deixar para lá. Quase fez outra cena pelo telefone com a intenção de pedir para Pierrette largar o caso, pois estava preocupada com ela. Pierrette não entendeu bem, mas pediu para ela sustentar a mentira que dissera para justificar sua presença no casarão. Gilda disse que seria ótimo alguém dar um jeito mesmo naquela planta, que coçava quando as folhas raspavam na pele.

Pierrette não foi à aula. Estava cansada por ter madrugado. Resolveu ver o movimento da rua na hora do crime. Mais ou menos duas horas da tarde, foi até o casarão. Entrou pela lateral. Foi andando por ali. Desceu até o jardim do fundo. Entrou na lavanderia. Olhou novamente a hervínia. Estava de blusa de manga comprida, apesar de já estar esquentando, novamente. Tentou se enfiar entre a planta e o muro. Impossível.

Largou a planta e voltou ao casarão. Andou pela varanda, experimentou as janelas e as portas. Tudo muito bem trancado. No andar de cima, nada aberto, somente uma janela máximo-ar de algum banheiro, sobre o telhado da varanda.

Pensou um pouco. Pensou de novo. Foi decidida para a garagem e pegou uma escada de alumínio que estava ali. Encostou-a no telhado da varanda, subiu. Abriu o vitrô e entrou no casarão. Ficou uma hora ali dentro. Não se sentiu à vontade invadindo a casa dos outros. A cozinha a assustou um pouco, mas como era dia, não ligou. Às quatro horas havia olhado tudo e não tinha descoberto nada. Achou um molho de chaves e ia sair pela porta da frente, mas viu Jandira entrando na garagem do casarão. Ficou quieta.

Jandira entrou, decidida, com uma tesoura de poda na mão. Atravessou o jardim e foi direto para a hervínia. Começou a podá-la.

Nem cinco minutos depois, a segurança do condomínio chegou ao casarão, em dois carros. Os seguranças desceram, junto com Manuel, e foram direto para o jardim do fundo.

— O que a senhora está fazendo?
— Ah, hã, olá... Eu estava tentando dar um jeito nessa planta.
— Sim, mas a senhora não trabalha aqui, não é?
— Não, trabalho do outro lado. É que pediram para uma amiga minha dar um jeito nela e eu resolvi ver se podia ajudar. Ia podar um pouco e deixar ela ver como fica bom. Essa planta suja toda a lavanderia lá da Dona Angelita e se convencesse ela a cortar tudo, seria uma benção. Às vezes tenho que lavar o quintal duas vezes na semana, fora quando alguma dessas flores gosmentas não gruda na roupa limpa do varal e tenho que lavar de novo e tirar as manchas.
— Tem autorização para entrar aqui? — perguntou o segurança, muito sério.
— Mas eu só estou podando uma planta que a dona da casa mesmo pediu... – protestou Jandira.

Nesse instante, uma toda envergonhada Morgana entrou no jardim do fundo do casarão.

— Me desculpem, foi um mal-entendido. A Jandira é conhecida nossa, eu não sabia quem era e meu pai insistiu que tinha alguém roubando a casa, ele viu alguém entrando pela janela e não deu sossego enquanto não chamei vocês.
— A senhora estava dentro da casa? — Manuel perguntou para Jandira.
— Não, quando cheguei a escada já estava aí, não entrei na casa, não.

Pierrette resolveu que era hora de denunciar-se. Abriu a porta da frente e saiu para o jardim do fundo.

— Vocês vão me prender? — perguntou, sorrindo.
— Dona Pierrette, o que a senhora faz aqui?
— Os Ribeiro estão pensando em vender o casarão e Gilda me pediu para dar um jeito nas plantas, principalmente aquela enorme hervínia lá dos fundos.
— Eu não disse? — falou uma Jandira, triunfante.

Explicou a Pierrette o que pretendia fazer, apesar de ela já ter escutado tudo.

No final todos deram risada e Manuel falou que nem relatório iria fazer, se Morgana aceitava. Ela, envergonhada, mais que depressa aceitou e pediu desculpa pelo transtorno que causou. Todos foram embora e Pierrette ficou com Morgana.

— Amiga, que vergonha... Meu pai me põe em cada uma. Me infernizou tanto que iam matar alguém aí do lado, onde eu fiz ele vir morar, que eu ia ficar feliz se o próximo degolado fosse ele. Fez um escândalo que tive que chamar a segurança, porque tudo que acontece ele fica atrás de mim e não faz nada.

— Foi divertido.

— Eles deixaram passar barato, mas... Você entrou pelo telhado?

— Não, o banheiro trancou por dentro e eu fui destrancá-lo para o caso de alguém vir visitar o casarão – mentiu Pierrette.

Seu Waldomiro chegou nesse instante.

— Pierrette, que bom vê-la. Viu que iam matar outra pessoa aí?

— Não, Seu Waldomiro... — E contou a história para ele.

— Você sempre ajudando os outros. Eu disse para Morgana que não devia ser nada, mas ela é muito assustada. Fez um escândalo até eu chamar a segurança. Aqui a segurança é ótima.

Morgana abriu a boca e fechou de novo. Olhou com os olhos cheios de lágrimas para Pierrette. Pierrete envesgou e fez uma careta. Morgana riu.

— Vamos comer pizza? — convidou Seu Waldomiro.

— Hoje não, ainda está muito cedo e tenho um monte de coisas para fazer.

— Ah, que pena. Venha de noite então.

— Acho que vou sair, estou esperando um telefonema – mentiu Pierrette.

— Tome cuidado. É sempre nesse momento, nos livros de mistério, que acontece um segundo assassinato. Não quero encontrar você estripada por aí.

— Credo, Papai!

— É verdade. Não é, Pierrette?

— Pior é que é mesmo. Mas isso não é um livro policial. Graças a Deus! — disse Pierrette.

— E é sempre o detetive amador a vítima! Principalmente se fica procurando DNA dos outros por aí – falou Seu Waldomiro.

Pierrette assustou. Como o velho podia saber? Não se fingiu de rogada.

— É mesmo, Seu Waldomiro, o senhor que sabe tudo da rua, seria uma boa vítima.

— Credo, Pierrette, vamos parar com isso que estou ficando assustada! — exclamou Morgana.

— Assustamos ela, Seu Waldomiro.

Todos se despediram alegremente.

Pierrette ficou com a frase de um de seus livros prediletos na cabeça:

"— Está na hora de acontecer um segundo assassinato".

CAPÍTULO 21

Passaram-se alguns dias e Pierrette não descobriu mais nada. Arriscou uma pergunta aqui, outra ali, mas nada de concreto.

Marcos teve a prisão decretada de novo e novamente saiu com habeas corpus. A mídia já o chamava de "Assassino de Empregadas". Já estavam até tentando relacionar outro caso a ele, embora a polícia negasse veementemente haver qualquer ligação com o rapaz.

Natália estava desanimada. Gilda aparecera, de passagem, para agradecer Pierrette e falar, de novo, que não era mais necessária sua participação no caso.

Ela estava no jardim quando a vizinha beata estacionou na frente de sua casa.

— Não sei o que deu em mim aquele dia de me comportar daquele jeito – justificou Gilda. — Já me acostumei com o fato que meu genro matou mesmo aquela menina. Ele nunca foi flor que se cheire. Imagine que eu descobri que estava tentando levar minha filha para o mau caminho. Paciência. Ela vai ter que se conformar da besteira que fez e ela nunca mais vai poder se casar. E quando ele sair da cadeia, também não vou deixar morar com ela. O pecado do divórcio, pelo menos, ela não vai cometer.

— Mas hoje em dia... — começou a falar Pierrette, com dó de Marcos.

— Hoje em dia tudo é pecado e imoralidade. Meu genro deve ter andado com a tal fulana e quando soube que ia ser papai, resolveu acabar com ela. Divórcio não existe. O que Deus uniu o homem não separa, e se você se uniu errado, azar o seu. Concubinato na minha família, não.

— Não quis... — ia dizer Pierrette, quando Gilda continuou:

— Eu já vou indo. Não precisa mais se preocupar com nada. Foi aquele imoral mesmo. Ah, e não acredite nas asneiras que aquele maluco do beco mal-assombrado inventa.

Estava um posso de arrogância e nem desceu do carro para conversar. Arrancou com o carro sem olhar para trás.

Pierrette ficou irritada. Primeiro aquela cena e depois essa "demissão" sem a menor cerimônia. A VHP, de alguma forma, havia descoberto que ela tinha estado com Dr. Fabiano. O velho não tinha tanto complexo de perseguição como ela achara.

Ele, por sua vez, havia mandado o e-mail com os documentos que julgava importante, e realmente eram, mas para a causa dele. Nada que ajudasse no caso. Escreveu que ainda estava tentando descobrir algo pertinente para o caso de Pierrette, disse também que achava que tinha encontrado algo e iria investigar. Mandaria um novo e-mail a ela quando descobrisse.

Angelita, nas poucas vezes que Pierrette a encontrou, estava sisuda, reticente e sem querer levar muita conversa.

Pierrette estava tão frustrada que começou a pensar na hipótese de Angelita estar entre os suspeitos. Mas era tudo tão vago quanto à própria neurose dela de desconfiar de Seu Waldomiro.

A melhor explicação é sempre a mais simples. Só restavam Marcos e Gilda. Ela duvidava muito que fosse ele. Já a mãe de família, zelosa, faria qualquer coisa para manter essa família unida e longe de escândalos. A gravidez de Ludimila, com suspeita que o filho fosse de Juan, seria motivo suficiente para Gilda matá-la? Porque era meio evidente que haviam descoberto o envolvimento do garoto com a empregada e, como não puderam despachá-la, despacharam ele. Mas e aquela cena inexplicável na sua sala? Havia, ainda, a evidência que Gilda, não pelo corte, mas pela altura, não conseguiria cortar o pescoço de Ludimila.

Uma centelha se acendeu na cabeça de Pierrette. Nada importante. Foi rapidamente até a varanda do fundo do casarão. Avistou a casa de Angelita e viu que os carros haviam saído. A janela da cozinha estava aberta e ela via Jandira lá dentro. Ligou do celular para ela.

— Oi, Jandira, Pierrette.

Jandira, parecendo surpresa e gaguejante, falou:

— Dona Pierrette... Dona Angelita não está...

— Sim, eu queria falar com você mesma.

— Dona Pierrette, não me leve a mal, mas Dona Angelita não quer que eu fale com a senhora. Ela disse que eu fico dando informações da casa dela para senhora e que se isso continuasse iria me mandar embora. Eu preciso do meu emprego.

— Me desculpe, Jandira. Não fiz nada por mal.

— Sim, eu sei disso, Dona Pierrette, mas a patroa anda meio encucada, meio falando sozinha. Acho que é alguma coisa com Seu Carlos.

— Apague meu número do BINA para ela não saber que eu liguei e me desculpe. Mas só uma coisa que eu preciso saber. Foi a Angelita que pediu para você me ajudar podando a hervínia do casarão?

— F.. Fo.. Foi... Faz uma tremenda sujeira aqui e quando contei o susto que levei e que a senhora ia mexer na planta, ela falou para eu podar um tanto, para a senhora ver que ficava muito melhor...

— Eu achei que tinha sido mesmo. Obrigada e me desculpe, Jandira – despediu-se Pierrette, com dó da funcionária que estava com medo até de dar uma informação boba.

Lógico que Angelita não queria Pierrette perto do muro, pois achava que ia dar um jeito de falar com Carlos, mesmo sendo em um horário que qualquer um sabia que ele não estaria em casa. O que não faz uma mulher ciumenta e insegura.

Pierrette desligou o telefone. Ligou para Pacco, voltando para casa. Os DNAs de Carlos e de Seu Waldomiro não eram compatíveis com o filho de

Ludimila. O DNA de Jandira tinha tido um problema na análise e estavam repetindo todo o exame. Mas ela não esperava nada dali mesmo, eram só conjecturas.

Mesmo o filho não sendo de nenhum deles, nada impedia que o futuro papai tivesse tomado providências para não ter o problema de provar que não era o pai depois que a criança nascesse. Também não deveria querer o escândalo da gravidez.

Morgana sentia-se preocupada com Seu Waldomiro. Segundo ela, ele andava as voltas com o gerente do banco, advogado e uma série de telefonemas misteriosos e saídas de casa, quase todos os dias. Arranjara um motorista, segundo Morgana, mal-encarado e com fama de problema, e estava indo e vindo de São Paulo na sua velha perua Volvo. Ela temia que ele estivesse se metendo em encrenca, como sempre, e depois sobrava para ela. Da última vez, ela teve que vender o carro e comprar outro financiado, para cobrir uma dívida que Seu Waldomiro havia feito para comprar presentes de Natal para os amigos, caixas de vinho e whisky importados, de mais de seis mil reais. Como não pagou o agiota, a dívida virou doze mil e estavam ameaçando dar um couro no velho. Já fazia alguns anos, mas ela sempre esperava que ele aprontasse alguma.

Chegando em casa na tarde de sexta-feira, Pierrette pegou as cartas na caixa de correio, como de costume, antes de entrar em casa. Contas, um novo cartão do banco, o jornalzinho local e um envelope em branco, típico dos comunicados que a administração mandava quando em quando. Deixou tudo na mesa da sala de almoço e foi trocar de roupa.

Jantou uma salada com salmão grelhado que Dodô deixara para ela, viu seus filmes e, por volta de meia noite, foi comer um queijinho branco e tomar um leite antes de dormir. Enquanto fazia isso, resolveu abrir as cartas, ainda não estava com sono.

Abriu o cartão do banco, pegou o iPad e fez os procedimentos para desbloqueá-lo. Deu uma rápida olhada no jornal, conferiu as contas que eram débito automático e pegou o envelope do condomínio. Deveria ser alguma coisa tipo noite da pizza, bazar beneficente, novo horário das quadras, mudanças na portaria ou na coleta do lixo reciclável, como sempre.

Abriu o envelope, que não era nunca colado, só com a aba enfiada para dentro, e retirou uma folha de sulfite. Abriu. Letras e palavras recortadas de jornais e revistas compunham a frase:

PARA DE BISBILHOTAR OU VAI SER A PRÓXIMA

Um calafrio percorreu Pierrette. Ela sentiu que ia começar a tremer. Estava sozinha com Boris, era final de semana. Não queria assustar a segurança.

Subiu a escada, ouvindo barulhos estranhos a todo momento. Pegou uma bolsa de viagem grande e jogou algumas roupas, sem saber direito o que estava fazendo. Telefonou para uma pousada pet friendly, em Camburí, que conhecia e que o Boris era bem-vindo. Apesar de ser madrugada de sexta, tinham vaga. Pôs a coleira no Boris, pegou a bolsa. Foi para garagem, com medo. Jogou tudo de qualquer jeito no banco de trás da Dodge RAM, junto com o Boris entrou no carro e travou a porta.

Estava ofegante. Deu partida. Com aquele carro, somente um caminhão podia com ela. Tentou sair controladamente da garagem e não correr. Dirigiu até a metade do caminho de sua viagem tensa, olhando pelo retrovisor se não estava sendo seguida. Por sorte e azar, no Rodoanel àquela hora da madrugada, esteve sozinha por alguns quilômetros, o que a relaxou um pouco.

Chegou ao seu destino sã e salva.

CAPÍTULO 22

O final de semana na praia ajudou alguma coisa. Sábado ela ainda estava deprimida e amuada com os fatos.

Domingo, bateu a revolta. O que estavam fazendo com Marcos era injustiça. Só porque a família descobriu a mudança dele e Matilda, resolveram culpá-lo para afastá-lo, ou para encobrir outra pessoa. Aquela mulherzinha havia feito toda uma cena em sua casa, e Pierrette até achava que não era cena, e depois tinha se comportado como a indignada da história. Muita petulância e pretensão.

Se alguém, seja lá quem fosse, achava que uma cartinha ia assustar Pierrette Morgado Gobbo, enganou-se. Venceram o primeiro round, mas ela ia vencer a briga.

Logo ela que se sentava na frente de um computador, fazia um relatório de vinte páginas e rolavam as cabeças de diretores e presidentes de empresas, não iria assustar-se com aquilo. Já tinha sido intimidada e ameaçada por poderosos e ali estava ela.

Lembrava bem de uma tarde no aeroporto de Salvador, onde saíra às pressas da cidade, pois um relatório seu iria derrubar uma figura eminente de uma multinacional, ligado a partido político. Tivera até medo de entrar no avião, achando que iam por uma bomba nele para calá-la. Respirara fundo, levantara a cabeça e apresentara o relatório na segunda-feira.

Ninguém ia tirará-la de sua casa, nem a ameaçar. Ela era descendente direta dos bandeirantes que não tinham medo de nada. Os ingleses recusaram-se a sair de suas casas por causa dos bombardeios da II Guerra e venceram. Ela sempre acreditou que a verdade e o bem sempre triunfam. Ia descobrir tudo, ou não se chamava Pierrette Morgado Gobbo.

Segunda-feira de manhã, voltou para São Paulo. Chegou em casa e encontrou Dorotéia com o almoço pronto, esperando por ela, mesmo sem ter sido avisada

Dodô olhou para ela. Não riu.

— Já vi o papel que a senhora recebeu. Deixou aqui na sala de almoço. Mas parece que já está tudo bem, como sempre.

— Muito bem, minha fiel Dodô. Tentaram me assustar, mas precisa muito mais que isso. Agora eu me invoquei e só vou parar quando souber tudo.

— Ou quando cortarem sua garganta também...

— Quando pegam a gente desprevenida, tudo bem. Mas eu estou bem alerta. Não deixe mais a porta da garagem destrancada até isso acabar. À noite eu me viro muito bem. Ninguém entra aqui sem o Boris avisar. Você acha que eu devo carregar uma faca, também?

— Menos, Dona Pierrette, menos, como diz a senhora.

— Você vai ver o que eu vou aprontar.

— Já suspeitava que isso ia acontecer.

Rumou para a casa de Angelita. Chegou e tocou à campainha. Jandira apareceu e fez cara de susto. Antes que pudesse falar qualquer coisa, Pierrette interropeu:

— Estou vendo que Angelita está em casa. Quero falar com ela agora – disse, sorrindo, sem grosseria, resoluta.

— Já vai, Dona Pierrette.

Angelita apareceu na porta, com ares de poucos amigos.

— Angelita, me acompanhe, por favor, tenho um assunto sério para falar com você.

Dito em tom grave, sem boa tarde, com rosto sério, muito diferente da Pierrette de sempre, nunca deixou de funcionar.

Angelita abriu a boca, entregou o pano de pratos para Jandira e foi até o portão.

— O que você quer, Pierrette?

— Venha comigo.

Foram até a pracinha do lixo reciclável. Pierrette sentou-se em um banco, fez um gesto para Angelita sentar-se ao seu lado. Olhou direto nos olhos dela e sem piscar, falou:

— Eu vou falar uma vez só e você vai me escutar. Você deve estar sofrendo com algum drama pessoal, mas eu lhe garanto que eu não tenho nada a ver com isso. Pelo menos no que diz respeito a mim, tire as minhocas da sua cabeça. Se quiser uma amiga, posso tentar te ajudar.

Angelita não esperava por aquilo. Ficou sem fala. A boca abria e fechava como um peixe de aquário. Por fim, chorou.

— Desculpe, Pierrette. A vida da gente anda tão complicada. Eu acho que estou ficando velha, cheia de crianças, um monte de trabalho e acho que ninguém mais gosta de mim. Vivo cansada o dia todo. Agora essa história bem no fundo da minha casa. Eu pirei. Desconfiei do Carlos, de você, da secretária dele, da tal Ludimila, da Morgana e até da Jandira. Ao mesmo tempo, o que eu mais tinha medo aconteceu; Jandira disse que vai embora, só trabalha até quinta-feira. E eu estou com pavor de contratar outra.

— Mas ela não precisa muito do emprego?

— Não, ela está bem de vida. O marido tem um bom emprego. Acho que ela só aguentava minha casa mesmo porque gostava de mim e até isso eu estraguei. Acho que sobrecarreguei ela.

— Ótimo. Pelo menos você sabe onde está pisando. Por isso achei melhor acabar com esse mal-entendido todo. Onde você estava na hora em que a Ludimila morreu?

— Como?

— Me responda, onde você estava na hora em que a Ludimila morreu. Simples.

— Foi por volta de duas da tarde, segundo disseram, não foi?

— Foi.

— Eu deixei as crianças no curso de inglês e no ballet e fui ao dentista.

— Você pode provar?

— Você está achando que eu matei a Ludimila por causa do Carlos?

— Não acho nada, só não quero achar. Responda.

— Se você quiser vou lá com você e você pergunta para ele. É no centrinho aqui perto, cheguei umas dez para as duas, fiquei com a secretária, ele não tinha chegado ainda e saí umas três horas. Fui pegar as crianças e voltei, você pode checar na portaria a hora que meu carro entrou. Entrei e a Jandira estava dizendo que a coluna dela tinha travado e que estava só esperando eu chegar para ir para o pronto-socorro. Vi um carro de polícia, mas achei que era a ronda que fazem aqui dentro, apesar da segurança interna. Fui lavar louça na pia da copa, que fica de frente para o casarão, vi um monte de polícia lá. Fui até o muro, perguntei para um deles o que estava acontecendo e disseram que a empregada tinha morrido. Fui ver o que era e encontrei você.

— Obrigada, Angelita. Por favor, nunca me julgue capaz de falcatruas. Eu não me meto onde moralmente eu não me sinta bem e minha moral é bem diferente do povo do casarão. Esquecemos isso tudo?

— Desculpe se eu pensei mal de você. Tem hora que a gente está tão para baixo que nem sabe o que está pensando.

— Você vai se matricular no meu pilates, duas vezes por semana, e vai comigo. Escolha o dia.

— Não posso... As crianças...

— Pode e vai. Se vire. Não adianta nada você ficar nessa e morrer. Quem vai cuidar das crianças?

— É mesmo...

— Amanhã eu tenho aula lá, vou depois do almoço, você põe uma roupa confortável e vamos. Você vê se gosta.

— Mas amanhã tem o inglês...

— É prova?

— Não...

— Então a criança falta, e pronto. Se precisar eu dou aula que tiverem perdido e resolvido. Te pego amanhã às duas. Depois damos um jeito.

Angelita começou a rir e chorar, não sabia como agradecer à Pierrette.

Pierrette voltou para casa contente. Ia fazer uma boa ação e tirara uma suspeita do caminho. Os próximos seriam mais difíceis.

CAPÍTULO 23

Nos próximos dias, Pierrette ficou imersa em livros, pesquisas e até ao IML foi, para conversar com Porfírio, um colega seu que era legista lá.

A hora do crime era imutável. Ocorrera por volta de duas da tarde e fora denunciado as três e dez. O corte tinha sido feito, com noventa por cento de chances, por um canhoto, no mínimo dez centímetros mais baixo que Ludimila e no máximo dez centímetros mais alto. Era alguém sem conhecimento anatômico e a faca usada tinha uma lâmina pequena. Foi enterrada de ponta do lado direito do pescoço e cortado até o outro lado. Se a lâmina fosse maior, teria degolado Ludimila até as vértebras. A faca era afiada, o que não requeria muita força. A morte ocorrera, como ela já sabia, por secção do nervo vago. Havia tido muito sangue, que jorrara para baixo. Apesar das carótidas e da jugular direitas não terem sido atingidas, a jugular esquerda fora estraçalhada verticalmente, resultando em um jorro rápido de sangue.

Nada disso ajudava Marcos, que tinha um metro e oitenta, mas não era canhoto. Gilda tinha um metro e meio, com salto um metro e cinquenta e cinco e também não era canhota.

A aula de pilates tinha sido a maior alegria de Angelita nos últimos tempos e ela era outra pessoa. Assim mesmo, Pierrette determinou que ela não era canhota e não poderia ter chegado no casarão sem passar pelas câmeras no começo e no fim da rua. Pierrette, muito sem jeito, tinha resolvido confirmar o álibi dela com o dentista e era verdade.

Seu Waldomiro tinha um metro e setenta, mas não era canhoto. Allan tinha um metro e sessenta e, também, não era canhoto. Ninguém na casa de Allan estava lá na hora do crime, Luzimagna faltou naquele dia, e ele mesmo estava andando de skate na pista do condomínio, imagem registrada pela câmera.

Desesperada, Pierrette resolveu investigar o motorista do carro de entregas. Ele podia ter entrado com Gilda e assassinado a empregada.

Anízio Dantas, o motorista do carro de entregas, morava na Vila Nazaré. Foi até lá. Não precisava falar com ele, só queria vê-lo e sondar.

Descobriu que Anízio Dantas pertencia a uma religião estranha, jogando perguntas ao vento para ver o que respondiam. Encontrou Rita e conversou com ela, perguntou se ainda precisava de emprego, pois uma amiga sua ia precisar de uma funcionária, disse sem entrar em detalhes.

Subiu a larga rua que conduzia até a avenida, onde, convenientemente, deixara o Opala no posto de gasolina. Ele chamava menos atenção. Chegando ao posto, encontrou Jandira que vinha descendo do ônibus.

— Dona Pierrette, veio visitar os pobres?

— Não, Jandira, trouxe o carro para lavar aqui, me disseram que é melhor que aquele lava rápido lá perto de casa. Aproveitei para ir comprar alguma coisa na venda lá embaixo, enquanto esperava.

— E comprou?

— Não, só tomei uma Coca-Cola. Não tinha Zero.

— Ah, aqui ninguém gosta não.

— Bom, já vou indo, meu carro está pronto. Até logo.

Foi direto até o mercado. Perguntou para a caixa, que era sua conhecida, quem era o motorista Anízio. Ela indicou.

Anízio tinha um metro e setenta e cinco, vestia calça de tergal e camisa de algodão azul-claro, sapatos tipo Vulcabras pretos. Era branco e os cabelos eram cortados estilo escovinha militar. Tinha uns cinquenta anos e um ar de crédulo. Quando Pierrette o viu, estava fazendo um jogo da Mega-Sena, preenchendo os quadradinhos com uma caneta na mão esquerda.

Então, Gilda tinha posto a carta na caixa de correspondência de Pierrette e aquilo tudo havia sido uma cena para ela tentar achar um bode expiatório. Anízio devia ser o assassino. Mas como provar? No final, Gilda e a família iam queimar o genro para se livrarem da culpa e dele.

Sua indignação cresceu. Ela ia dar um jeito de provar o crime.

Na quinta-feira, dois dias depois, ainda não tinha encontrado um modo de provar nada. Havia dado de cara com Gilda no dia anterior, depois da aula de pilates, quando fora tentar descobrir algo no casarão. Ela estava lá pegando roupas e Pierrette só viu o carro quando entrou na garagem, bem na hora que Gilda abriu a porta para sair, carregando cabides.

Gilda olhou-a de alto a baixo, condenando-a ao inferno por causa da roupa. Olhou-a com nojo e desprezo.

— Minha casa já sofreu bastante com gente que anda assim – disse.

— Gilda, eu não sabia que estava aqui. Vi seu carro e resolvi lhe fazer uma pergunta. Sua mãe herdou toda fortuna de uma prima minha. Você sabia?

Gilda engasgou um pouco, ficou branca, mas respondeu com arrogância:

— Não sabia. Mas deve ter sido alguma coitada abandonada pela família que só devia ter pecadores. Estou atrasada, só vim buscar esse vestido de festa. Adeus.

Entrou no carro e partiu.

Pierrette voltou para casa rindo. Ela ia pegar aquela mulher e seu capanga.

CAPÍTULO 24

Voltou para casa e destrancou a porta da garagem. Nem entrou. Dodô já tinha ido embora. Pegou a coleira do Boris na área ao lado da garagem e saiu com ele, trancando novamente a porta da garagem. Passeou por meia hora com o amigo de quatro patas. Voltou para casa e entrou na sala de almoço. Dorotéia havia esquecido a porta da cozinha aberta. Não tinha problema, Boris não fazia bagunça, mas como morava no meio do mato, Pierrette tinha medo que entrasse algum rato. Sempre deixava aquela porta fechada, mas às vezes Dodô, ou Paulo, o jardineiro, esqueciam aberta. Principalmente Paulo, quando ia embora depois da Dodô.

Subiu, tomou banho, pôs uma roupa confortável e desceu a fim de tomar sua Coca Zero. Abriu a geladeira e, para sua surpresa, havia só uma garrafa do refrigerante. Ela podia jurar que tinham duas, mas de repente tomou tanto que até esqueceu. Iria ter que ir ao mercado no dia seguinte, repor o estoque. Para completar sua desgraça, estava sem gás, porque não fez muita bolha quando ela pôs no copo e o barulho do gás, saindo quando abriu a garrafa, foi fraco. Guardou a Coca de volta na geladeira. Deu um gole. Como estava sem gás, estava muito doce. Deu outro. Doce demais e sem gás. Outro gole. Não ia dar para tomar aquilo. Jogou fora.

Foi ver seu seriado e quando acabasse o episódio ia à loja de conveniência comprar sua Coca Zero. Dava tempo antes de começar o outro seriado. O episódio começou. Uma necropsia logo de cara. Pierrette adorava esses episódios.

Começou a ficar enjoada. Pouco depois, estava tonta e suando frio. O estômago embrulhado. Pensou em comer alguma coisa, um queijo branco. Mas ao pensar nisso, a náusea foi incontrolável. Ela correu para o banheiro e vomitou. Ficou lá, arfando e suando frio, o coração disparado. Vomitou novamente e, como por magia, tudo voltou ao normal. Enxaguou a boca, secou-se com a toalha. Subiu e trocou de blusa, pois a sua estava encharcada de suor. Devia ter comido alguma coisa estragada em algum lugar.

Resolveu que, por via das dúvidas, era melhor jogar fora a carne do almoço, deveria ter sido aquilo que fez mal. Foi até a cozinha, abriu a geladeira e parou.

A porta da cozinha aberta. A Coca Zero que ela achava que tinha duas garrafas e não tinha. A garrafa que abriu estava sem gás. O enjôo. Olhou para garrafa. Pegou uma luva descartável de cozinha que Dodô usava para manipular alimentos. Abriu um squeeze que quase não usava. Encheu com a Coca-Cola sem gás. Derramou o resto na pia. Guardou a garrafa em um saco de alimentos. Telefonou para Pacco. Pegou o Azera e foi até a sede da polícia científica. Entregou tudo para ele. Ficou esperando numa salinha. Meia hora depois ele estava de volta.

—Pierrette, algo muito estranho. A garrafa só tinha suas impressões digitais e a análise preliminar do refrigerante mostrou que, por comparação com a fórmula tradicional, estava alterado. Porém, como você falou que estava doce demais, o perito químico resolveu arriscar uma pré análise com alguma coisa que conhecemos muito bem. Não sei concentração e tal, isso só vai aparecer depois de exames mais detalhados do líquido, mas por comparação, ele descobriu que o refrigerante tinha etilenoglicol.

—Tentaram me envenenar! — Pierrette exclamou perplexa.

— É melhor você ir a um hospital fazer mais exames. Isso é muito tóxico, destrói as células suprarrenais. O perito vai analisar se foi de produto fotográfico, de fluído de arrefecimento ou de líquido de embalsamar corpos, para ver se temos alguma dica do que aconteceu. Vou falar com o delegado do DHPP e pôr você sob proteção policial. Piera, chega de fuçar esse caso.

Pacco estava muito sério. Assustado mesmo. Continuou:

— Não sabemos a concentração, ainda, mas a pessoas que fez isso queria você bem morta mesmo, porque deve ter posto demais e por isso seu estomago rejeitou e não absorveu. Senão você ia morrer, Piera. Pare de fuçar isso.

— É, queriam me assustar mesmo dessa vez...

— Pierrete, queriam te MATAR, não te assustar. Te assustaram com o bilhete. Você deu sorte de não ter tomado tudo.

— Bom, talvez desta vez o criminoso tenha feito algum erro.

— Vou mandar uma equipe para sua casa atrás de digital ou alguma coisa que o valha, mas se ele foi cuidadoso de não deixar digital na garrafa, duvido que tenha na geladeira ou na porta.

— Obrigada, Pacco.

— Se cuida.

— Pode deixar. Vou para casa e vou trancar tudo. E vou ter muito cuidado, fique tranquilo.

— Vou te mandar com escolta.

— De jeito nenhum. Você não pode me obrigar.

— Mas, Piera...

— Eu sei me cuidar, Pacco, já passei por saias justas. Não se preocupe.

— Não diga que não avisei. Aliás, se você morrer, não venha me assombrar, porque não vai ser culpa minha.

— Pode deixar. Quando a gente sabe de quem tem que se proteger e de onde vem o perigo, fica fácil tomar cuidado.

— Você tem suspeitas? De quem?

Pierrette contou o episódio de Anízio.

— Vou ver se tem ficha, algo assim e te digo. Se cuida.

— Pode deixar. Vou pedir para segurança me avisar se alguém da casa dos Ribeiro entrar lá, sozinho ou acompanhado, bem como o tal Anízio. Amanhã depois da aula, pego o Boris e sumo para fazenda de Tia Burghetinha. Até segunda vocês já sabem alguma coisa e eu descubro como agir.

— Se cuida, moçinha.

— Pode deixar.

Pierrette estava um pouco assustada, mas determinada. Voltou para o condomínio e falou com Mário, que estava responsável pela segurança da noite. Ele disse que iria deixar uma moto com um segurança parada no pátio de manutenção. Pierrette agradeceu

A polícia científica chegou, dessa vez sem fazer alarde, em um carro discreto. Entraram e foram fazer as verificações; Pierrette ficou esperando na sala de TV. Quando foram embora, trancou tudo. Viu um seriado. Estava com sono, mas achava que não ia dormir de nervoso. Subiu com o Boris e trancou a porta do quarto, levou com ela um velho taco de golfe que alguém tinha esquecido na sua casa. Dormiu.

Acordou no dia seguinte com a cabeça um pouco zonza, mas muito bem de resto.

Desceu e falou com Dodô. Pediu que ela trancasse tudo quando saísse e deixasse o Boris dentro de casa, até segunda ordem. Não deu detalhes. À tarde, pegou o Boris e foram para a fazenda. Voltou na segunda-feira de manhã. Ao entrar, Doroteia deu bom dia.

Subiu e deixou a bolsa no quarto, entrou no escritório e checou os e-mails, para ver se não tinha nada importante. Havia um e-mail do Dr. Fabiano.

"Srta. Pierrette

Se possível, venha me ver terça-feira às 19 horas em minha residência. Venha de carro, tenho uma caixa grande de documentos que seria interessante analisar. Deixe o carro na garagem pública aqui na rua de trás, é o estacionamento mais perto daqui que não fecha às 20 horas. Não precisa responder, vou estar em casa de qualquer maneira.

Atenciosamente,
Fabiano Martins"

Pierrette ia tentar telefonar para ele à noite, confirmando que iria até lá no dia seguinte.

Seguiu sua rotina diária normal, mas a noite trancou a casa toda. Telefonou para Seu Fabiano, mas não conseguiu falar com ele. Perdeu algum tempo na internet, procurando alguma coisa sobre a tal VHP que ainda não tivesse visto, mas não achou nada. Assistiu aos seus seriados e foi dormir. Não dormiu direito.

No dia seguinte, manteve sua programação diária, foi à academia com Angelita, que havia comprado a ideia de fazer pilates, mesmo com Jandira tendo ido embora de repente e deixado ela na mão.

Depois do passeio com o Boris, arrumou-se, pegou o Azera e foi para São Paulo encontrar Dr. Fabiano. Saiu mais cedo para evitar o trânsito das cinco na estrada. Chegou por volta de quinze para as seis. Como já era abril e o equinócio de outono se aproximava, já estava escurecendo.

Localizou facilmente a velha garagem pública subterrânea na rua atrás da de Seu Fabiano. Estava meio lotada ainda. Não eram seis horas e as pessoas que trabalhavam no centro e deixavam seus carros ali ainda não tinham ido embora. Só conseguiu uma vaga no terceiro, e penúltimo, subsolo, bem lá no fundo.

Desceu do carro. A velha garagem estava caindo aos pedaços, precisando urgentemente de uma revitalização, e corria boatos que seria demolida e reconstruída. Algumas vagas estavam interditadas com faixas, pois infiltrações de água formavam alagamentos e goteiras constantes caíam do teto. As luzes de velhas lâmpadas alógenas eram fracas e esparsas, muitas faltando.

Pierrette lembrou-se das clássicas cenas de perseguição em garagens nos filmes de suspense. Resolveu andar mais junto aos carros e não no meio dos acessos de veículos. Notou que não havia câmeras.

No hall dos elevadores, achou melhor subir pela escada. O elevador devia ser arcaico e não estava a fim de ficar presa.

Chegou ao Beco dos Aflitos. Estava muito adiantada e sabia que Dr. Fabiano era pontual. Já escurecia, mas achou engraçado seu medo ao sair dali da última vez. Resolveu fazer hora na velha igrejinha do fim da rua. Entrou. Nunca havia entrado ali.

A direita havia quatro bancos de igreja voltados para o centro. A esquerda mais um tanto de bancos. O altar era no meio, ao fundo da igrejinha, com velhos santos de madeira.

Lembrou-se que, originalmente, ali devia ser uma capela para velório e não uma igreja, por isso tudo ficava arrumado meio no improviso. Começou a sentir um clima pesado. Foi até a sacristia, que nada mais era que uma salinha diminuta com uma copinha e um banheiro. Lá havia fotos do Chaguinha, um santo popular que, dizia a lenda, foi enforcado na Liberdade, mas como a corda partiu duas vezes, ganhou fama de milagreiro e se desenvolveu todo um culto à sua pessoa. Ele podia estar enterrado em algum lugar ao redor. Começou a sentir um frio na espinha e, apesar do calor, pouco depois, tinha calafrios. Resolveu sair dali. Ao passar pela porta, rezou algumas orações e o mal-estar melhorou.

Voltou até a esquina e entrou em uma mercearia oriental para fazer hora. Às sete horas tocou a campainha de Dr. Fabiano. A igrejinha no fim da rua estava fechando e a rua já estava calma e iluminada somente pelas lâmpadas. Não houve resposta.

Pierrette lembrou-se que, da outra vez, ele tinha demorado a atender e aguardou mais um pouco. Tocou novamente o interfone. Nada. Telefonou do seu celular e Dr. Fabiano não atendeu também. Ele deveria ter se atrasado e, como não tinha celular, não conseguiu falar com ela. Resolveu aguardar.

Às sete e quinze um vizinho saiu e Pierrette perguntou se ele permitia que ela entrasse para aguardar lá dentro. O homem perguntou aonde ia e ela disse que era ao apartamento do Dr. Fabiano. Ele deixou-a entrar. Pierrette subiu e tentou tocar a campainha. Ouviu-a soando lá dentro, mas ninguém apareceu. Sentou-se no degrau da escada. Quinze para às oito, desistiu de esperar. Checou seu e-mail e não havia nenhuma notícia do Dr. Fabiano, mudando o encontro. Resolveu ir embora e falar com ele mais tarde ou no dia seguinte. Em todo caso, digitou no celular um e-mail dali mesmo, avisando que havia o esperado até dez para às oito, mas que algum imprevisto devia tê-lo atrasado e ela voltaria para pegar os documentos assim que ele marcasse.

Saiu para o beco deserto. As lâmpadas continuavam queimadas. Tudo eram sombras. Mas não teve medo, dessa vez. Foi caminhando para o estacionamento. Seu celular emitiu o som de chegada de e-mail. A mensagem que enviara a Seu Fabiano havia falhado e não tinha sido entregue ao destinatário. Pierrette reenviou e continuou andando.

CAPÍTULO 25

Chegando ao estacionamento, que era tão antigo que não tinha tag eletrônico de cobrança, procurou aonde pagar o ticket que a máquina automática lhe fornecera na entrada. Descobriu que era do outro lado da rua, em outro estacionamento, pois àquela hora fechavam o caixa desse lado da rua. Pagou e ficou revoltada com o valor, por um estacionamento tão ruim e desconfortável.

Desceu pelas escadas. Medo do velho elevador. Chegou ao terceiro subsolo. Com raiva do valor pago, nem lembrou de seus receios. Estava bem vazio, cheirando a umidade. O silêncio era total nas profundezas do subsolo gelado. Um forte par de faróis de carro acendeu à sua frente. O carro acelerou. Cantou os pneus. Veio em sua direção em alta velocidade.

Pierrette pulou para o lado. Que doido. O carro freou. Voltou de ré em sua direção. Pierrette passou pelo meio de dois carros. Foi para o outro corredor. O carro acelerou e fez a volta. Não havia quase veículos estacionados nas vagas. Pierrette voltou por onde veio. O carro passou por vagas vazias. Acelerou em sua direção. Pierrette corria. Zigue-zague pelas colunas. O carro vinha em slalom. Estava chegando. Raspou a lateral em uma coluna. Dois carros estacionados. Pierrette passou pelo meio. Deu a volta por trás neles. Voltou para o corredor onde estava. O carro perdeu tempo fazendo a volta. Pierrette correu. Apertou o botão do elevador. Entrou no hall da escada, tomando cuidado de não bater a porta contra fogo. Jogou um celular velho, que carregava para emergência com um chip extra, para o andar de cima pelo vão da escada. Desceu correndo para o andar de baixo. Pegou o outro celular. Tirou o som. Escondeu-se entre dois carros. Ouviu o carro frear no andar de cima. A porta de incêndio da escada bateu. Ligou para o celular extra que tinha jogado para cima. Escutou a campainha. Passos subindo. Correu para rampa e subiu. Escondeu-se atrás da coluna. Ficou quieta. Não dava para ouvir a escada. Dez minutos. Um homem desceu a rampa correndo. Encapotado. Fazia calor. Usava touca. Entrou no carro. Foi embora.

Pierrette ficou quieta. Tentava acalmar-se. O coração disparado. Arfava. Não viu a placa do carro. Era uma velha perua Lada. Escutou. Nenhum ruído. Seu carro estava muito longe. Esperou mais dez minutos. Subiu a rampa. Outra e -outra. Saiu para rua. Olhava para todos os lados. Não havia sinal do carro. Pensou se devia ir até o caixa. Um carro parou, fazendo ela assustar-se.

— Pierrette, querida, o que você faz por aqui?

Seu Waldomiro acenava, contente, pela janela do passageiro de um carro brilhante e novo em folha.

— Seu Waldomiro! Abra a porta!

— Claro, minha filha...

Ela abriu a porta traseira e mergulhou no banco de trás do carro. Assim que o veículo andou, o sistema automático travou as portas.

— O que você faz aqui a essa hora? — Perguntou Seu Waldomiro.

— Vim visitar uma amiga – abreviou Pierrette, ainda arfando – Um maluco tentou me atropelar no estacionamento.

— Como? — perguntou Seu Waldomiro, incrédulo.

Pierrette contou o caso, muito abreviado. Mais calma, perguntou o que Seu Waldomiro fazia ali.

— Além de ter vindo te salvar, comprei esse carro novo! Gostou?

Só então Pierrette se deu conta do que estava fazendo. Era um Ford Fusion novinho, zero.

— Que lindo, Seu Waldomiro!

— Trouxe meu outro carro para o mecânico, para fazer revisão e vou voltar com esse. Morgana vai ter que deixar o dela no jardim, porque agora eu tenho dois carros e não podem ficar no tempo.

Pierrette imaginou a reação da amiga. Mas sabia que para não criar caso, ela ia deixar seu carro no jardim.

— Mas esse eu vou dirigir! O Anízio pode ir achando outro bico, porque eu vou aposentar ele.

Só então Pierrette prestou atenção no motorista a sua frente. Pelo retrovisor, Anízio Dantas a olhava, sério.

Pierrette sentiu um calafrio. Medo. Seus alertas todos acenderam-se.

— Quem você acha que pode ter sido, Pierrette? — perguntou Seu Waldomiro, sério.

Pierrette achou a pergunta ligeiramente cínica.

— Acho que a tal VHP...

— VHP... Deve ter sido coisa daquele menino que abaixa a câmera com o rodo. A família tentando protegê-lo. Ou alguém que você nem imagina.

Tudo que ele falava começou a parecer sinistro. As ruas desertas do centro velho. Ele ali àquela hora da noite com o motorista suspeito. Rodo. Rodo... O objeto de metal e borracha que ela vira na câmera era um rodo! Como ele sabia daquele rodo? Porque ele mesmo havia abaixado a câmera. Ela estava em poder dos assassinos. Entendeu tudo. Seu Waldomiro andara com Ludimila e ela devia o estar chantageando, dizendo que o filho era dele.

A perua importada. Volvo. Agora sabia. Volvo. Parecia com a Lada no escuro. A velha perua de Seu Waldomiro. Ele trouxera Anízio para dentro do condomínio. Ele baixou a câmera. Ele mandou Anízio matar Ludimila. Depois inventou aquela história da televisão para Morgana, para simular um álibi.

Anízio devia ter roubado as chaves de Gilda no mercado, já preparado para a próxima vez que ela fosse lá. Avisou Seu Waldomiro. Ele tentara matar Pierrette duas vezes. E ela estava no carro dele.

— Seu Waldomiro, já estou melhor. Pode me deixar descer? Vou voltar lá e pedir para o manobrista pegar meu carro.

— Não, é um perigo, minha filha. Você deve ir conosco.

— Obrigada, Seu Waldomiro, mas de repente até nem foi nada, eu que me assustei. Sou boba.

— De boba você não tem nada, Pierrette Gobbo. E pelo jeito se meteu onde não devia. Você vai ficar conosco. Assim não corremos perigo.

— Não, Seu Waldomiro, eu estou bem. Me deixe descer. Pare o carro, por favor, Seu Anízio.

— Não, ele não vai parar, Pierrette. Você vem conosco.

Pierrette experimentou a maçaneta. Travada.

— Eu não posso deixar o carro lá, Seu Waldomiro.

— Pode sim, todo mundo deixa carros em estacionamento. Você vai conosco.

Pierrette encostou-se no banco traseiro de couro branco, cheirando a novo por todos os lados. Estavam na 23 de maio. Iam entrar nos túneis. Tinham poucos faróis no caminho. Àquela hora não havia mais trânsito. Podiam nem parar em faróis. Isso se estivessem mesmo indo na direção do condomínio. Pensou rápido. Gritou:

— Seu Waldomiro, pare, pare, por favor... Eu vou vomitar! Pare que não quero sujar seu carro novo!

— Pare, Anízio! — gritou Seu Waldomiro em pânico.

Pierrette fazia ruídos de ânsia e punha a mão no estomago e na boca, agarrada a sua bolsa.

Anízio parou.

— A ppor.. ta es.. tá travada... — sussurrou Pierrette, entre sons de ânsia.

— Depressa, Anízio!

Ele destravou a porta. Ela voou para fora. Começou a correr no sentido contrário dos carros. Uma brecha. Atravessou as sete faixas da larga avenida de alta velocidade como um rojão. Nem o olhou para trás. Percebeu que Anízio tinha descido do carro. Outra brecha. Atravessou as outras sete faixas do sentido centro da avenida. Corria sem olhar para trás. De repente, um táxi embicou de uma saída para pegar a via expressa, bem à sua frente. Não tinha passageiro. Pierrette abriu a porta de trás. Mergulhou para dentro sem perguntar nada.

— Sai depressa daqui, estão tentando me assaltar.

O motorista acelerou. Pierrette olhou pelo vidro de trás. Anízio tentava atravessar a pista, mas gordo e pesado, não corria como ela e o trânsito não estava dando brecha. A sorte a havia salvo pela segunda vez.

— Por favor, me leva a garagem pública da Liberdade – pediu ao motorista.

— Dona, que perigo a senhora correu. Eu vi o assaltante correndo atrás da senhora.

— Essa cidade. Você pode me acompanhar até meu carro? Eu pago o estacionamento para você e você entra comigo. Estou assustada.

— Claro, dona.

Chegaram ao estacionamento. Pierrette conteve-se para não deixar que as lembranças de momentos atrás naquele lugar a dominassem. Tentou pensar em outra coisa. Foram até seu carro e estacionaram do lado.

— Dona, a senhora está com azar mesmo...

— O que foi? — perguntou Pierrette assustada.

— Olha aí... Esvaziaram todos os pneus do seu carro!

CAPÍTULO 26

Ela estava em um hotel.

Saíra com o taxi da garagem e se hospedara ali próximo. Não parava de pensar em Morgana. Coitada da amiga. O pai dela era um assassino. Seu Waldomiro era encantador com todos, mas um carrasco com ela. Pierrette estava com ódio do velho cínico. Morgana ia sofrer ainda mais. Pior que até a amizade delas podia se comprometer. Mas ela não tinha outro jeito. Ia chamar a polícia e contar todo o caso.

Bateram na porta do quarto e ela teve um sobressalto. Depois lembrou que tinha pedido mais quatro latas de Coca Zero. As quatro que havia no frigobar seriam poucas para a noite que ela achava que ia ter.

Não vira a placa do carro novo de Seu Waldomiro. Podia ser alugado para disfarçar. Tentou matá-la com o carro velho e ia fugir com outro. Ela só tinha certeza que era dele mesmo, porque havia esquecido todo seu plano ao imaginar seu carro novo todo vomitado. Ela havia sido genial naquela cena. Riu da cara de horror de Seu Waldomiro, quando ela disse que ia vomitar.

Velho bobo. Achava-se experto. Mas não mais que ela. O que ele fazia àquela hora naquele lugar? Ela devia estar muito assustada para não ter sacado logo o que estava acontecendo. Durante a perseguição, o desaparecimento do Dr. Fabiano, teve certeza que era coisa da tal VHP.

Lembrou do Dr. Fabiano. Ele estaria bem? Onze horas… Tarde. Mas resolveu ligar assim mesmo, o número estava no seu iPhone. Ligou.

Demorou um pouco e ele atendeu.

— Desculpe o horário, Dr. Fabiano, o senhor está bem?

— Estou sim, acabei de chegar. O que aconteceu que você não pode ir?

— Não pude ir? Eu fui, mas o senhor não estava em casa.

— Em casa? Então eu fiz confusão. Entendi no seu e-mail que você estava marcando encontro comigo em Higienópolis, perto da sede da VHP para falarmos com o tal informante que você descobriu. Não sabia que ia trazer ele aqui. Nem devia, não quero que saibam nada de mim – disse irritado.

— Calma, Dr. Fabiano. Já entendi tudo. Foi um golpe duplo.

Contou toda a história para ele.

— Pois sim, você correu muito perigo. Me espanta, porque eles agem no limite da lei e nunca vi nada parecido. Devem estar desesperados. Estão perdendo força dia a dia, graças a Deus, mas um golpe agora acabaria com tudo de vez.

— Como eles conseguiram me enviar um e-mail seu?

— Estou olhando o e-mail da senhorita. Como eu não uso o computador de casa, para não ser rastreado por eles, eu imprimo todos na lan house, quando tem endereço. Pois sim, o endereço eletrônico tem uma letra de diferença do que você me deu. Eles criaram uma conta falsa sua e me mandaram o e-mail como sendo seu. Fizeram o mesmo com você, provavelmente.

— É mesmo, Seu Fabiano! Estou olhando no meu iPad e o e-mail tem uma letra de diferença do seu, que me mandou os documentos!

— Pois sim. Enganaram nós dois.

— Por isso o e-mail que mandei em resposta ao seu falso, voltou. Deletaram a conta. Não sei se vão conseguir rastrear assim.

Pierrette sabia que Seu Waldomiro não entendia nada de computadores. Nem um endereço eletrônico sabia anotar, atrapalhava-se com o @, pontos etc. Morgana vivia sendo crucificada por ele, porque queria participar de promoções que via na TV e outras coisas e nunca sabia anotar o endereço eletrônico. Depois culpava a filha como tendo má vontade de fazer as coisas para ele. Uma vez pedira para Pierrette e o endereço estava sem pontos, todo errado. Devia ter sido Anízio ou alguma outra pessoa que tinha enviado aquilo por ele.

— Pois sim, senhorita Pierrette, eles são muito perigosos.

— Seu Fabiano... Eu acho que não foram eles – e desligou o telefone.

Precisava ligar para Pacco. Contar aquela história toda, que ela não queria que fosse verdade. Morgana. Como doía estragar a vida já perturbada da amiga. Não havia solução. Resolveu tomar uma Coca Zero para criar coragem.

Abriu a latinha. Sentou-se. Olhou a paisagem do centro da cidade. Deu um gole na bebida.

Como Seu Waldomiro entrara na sua casa com a porta da garagem trancada?

Como ele conseguira dar o golpe dos e-mails falsos, se não entendia nada?

Simples. Não fora ele. E ele não havia nem comandado a coisa. Ele não teria como entrar em sua casa com a porta da garagem trancada desde que recebera o tal bilhete anônimo. Também não era inteligente para saber do etilenoglicol. Ele sabia criar situações embaraçosas para Morgana como um gênio, mas definitivamente, sua inteligência era reduzida.

Pierrette arregalou os olhos verdes. Abriu a boca. Pensou dois minutos. Dançou o Tica Tica Bum. Urrou. Fez uma dança de guerra em volta da cadeira. Pegou o telefone. Ela havia desvendado o crime.

Telefonou para Morgana.

— Pierrette! Papai chegou aqui agitadíssimo, quer por que quer que eu ligue para hospital, polícia, que aconteceu com você?

— Uma longa história, Morgana. Peça desculpas para Seu Waldomiro de como eu saí correndo. Estava com muita vergonha e medo de sujar o carro novo dele.

— Você viu o absurdo? Não paga nada aqui em casa, recebeu um dinheiro de revisão de aposentadoria e comprou esse carro. Financiou quarenta mil. Você sabe como vai acabar isso?

— Sei, amiga, aliás, sabemos...

— Nem vou ficar nervosa mais. Me viro e arranjo o dinheiro. Ou ele vende aquela lata velha dele que não vale nada, para pelo menos eu ter garagem de novo.

— Pois é, Morgana, por causa da lata velha que eu liguei para você também, além de pedir desculpas pela cena. Ele queria, muito gentilmente, me levar para casa, mas eu estava passando tão mal que percebi que ia sujar o carro dele. Mas eu preciso que você pergunte uma coisa para ele. Quem indicou o mecânico onde ele leva a perua Volvo para revisar?

— Ah, essa até eu sei. Foi a Angelita quem indicou.

E somente alguém da casa de Angelita poderia ter entrado nas casas dos Ribeiro e de Pierrette sem ter vindo pela rua, passado pelas câmeras ou destrancado por dentro a porta de sua garagem.

CAPÍTULO 27

"— E agora, Natália Alguri, diretamente da Vila Nazaré, com uma sensacional reviravolta no caso do condomínio de luxo. Fala Natália."

A televisão mostrou Natália, no centrinho do bairro próximo ao condomínio de Pierrette. Diversas pessoas aglomeravam-se à sua volta e à volta do carro de transmissão da emissora de Natália.

— Estamos aqui, diretamente da Vila Nazaré, próximo à São Paulo, entrevistando as pessoas do bairro onde, há dois meses, a moradora Ludimila Maria de Freitas foi brutalmente assassinada em uma residência do condomínio de luxo onde ela trabalhava, aqui perto. Vamos falar com essa senhora que vem vindo. Senhora, senhora, por favor, estamos ao vivo com o jornal das seis. A senhora é Dona Jandira?

Jandira muito assustada, sem jeito, ajeitando o cabelo e largando a sacola de compras do mercado no chão apareceu no vídeo

— Si.. Sim...

— A senhora era vizinha da Ludimila, que foi assassinada no condomínio, certo?

— Si... Sim, ela morava aqui no bairro, mas não era vizinha de casa não...

— A senhora conhecia bem ela?

— Conhecia, si... sim, ela era amiga da gente. Foi horrível o que aconteceu. Nós queremos justiça, que prendam aquela grã-finada que mata a gente e fica sem cadeia. Eu não trabalho mais lá, de medo.

— O que a senhora achou da reviravolta que o caso deu hoje?

— Que viravolta? Tô sabendo de nada, não – falou Jandira, preocupada.

— A senhora não ficou chocada com a notícia?

— Que notícia? Prenderam alguém de novo?

— Não, Dona Jandira. O exame de DNA do bebê que a Ludimila estava esperando comprovou que ele era seu neto.

Silêncio. Uma Jandira muda e de olhos muito abertos fazia diversos movimentos com a boca sem som nenhum. Uma expressão de forte emoção começou a se desenhar em sua face. Natália e muitos telespectadores acharam que ela iria desmaiar. Um pranto agudo. Uma expressão de dor. Um grito.

—Ai, meu Deus! Meu Deus! Eu matei meu neto! Eu matei meu neto! Eu matei meu neto...

Os policiais militares e o delegado do DHPP entraram em cena. Jandira, aos prantos, foi algemada e colocada dentro da viatura.

Minutos depois, as câmeras acompanharam os policiais que foram até a casa de Jandira e deram voz de prisão a seu marido, o mecânico Antenor. Ele não falou nada. Estava tentando pular o muro quando os policiais chegaram. Foi algemado e posto na viatura, junto com a sua mulher. A câmera ainda mostrou-a chorando e ele gritando e tentando bater nela com as mãos algemadas. Foi retirado e colocado em outra viatura.

Uma Natália ofegante pela corrida e pelas cenas emocionantes virou-se para a câmera.

—Vocês acabam de acompanhar a confissão e detenção de Jandira Maria da Silva e seu marido, Antenor da Silva, os assassinos de Ludimila Maria de Freitas. Ela assassinou Ludimila na casa de família onde ela trabalhava, no condomínio. E seu marido foi cúmplice na tentativa de assassinato de uma vizinha que Jandira achou que iria descobrir que ela era a verdadeira assassina do condomínio de luxo. Os detalhes completos do caso serão apresentados por mim, em edição especial no jornal das oito, na reportagem investigativa que fiz durante esses dois meses e que levou ao inesperado desfecho do caso. Aguardo vocês. Natália Alguri para o jornal das seis.

Sua emissora de TV bateu todos os picos de audiência.

CAPÍTULO 28

Eram oito horas da noite do dia seguinte à solução do assassinato no condomínio de luxo.

A casa de Pierrette estava toda iluminada, a grande sala de estar e jantar, que pouco uso tinham sem ser em ocasiões festivas, estavam com janelas abertas e luzes acesas.

Dorotéia fazia hora extra e ajudava Pierrette nos últimos preparativos para a reunião que iria acontecer.

Pierrette olhou se estava tudo em ordem. O telefone tocou. Era a portaria avisando que Natália havia chegado.

Pouco depois, os convidados foram chegando.

Tia Burghetinha e Conccetta haviam chegado pela manhã e ocupavam os dois quartos de hóspedes de Pierrette, como faziam regularmente. Natália com o namorado e Ivete. Morgana e Seu Waldomiro. Pacco acompanhado do Dr. Meireles, delegado do DHPP. Por último chegaram Angelita e seu marido. Angelita com corte de cabelo novo, roupas bonitas e sorridente. Irreconhecível.

Todos foram chegando, se apresentando e confraternizando.   Natália havia feito questão de oferecer o prosecco da ocasião.

Pierrette estava feliz com o costumeiro sucesso de seu dip de camarão, tapas de presunto parma e miniquiches de cogumelos silvestres. Taças de salada completavam o menu. Ela mesma carregava um pint de Coca Zero.

Por volta de nove horas, convidou todos a subirem para o quarto biblioteca. Ali havia arrumado cadeiras para todos. De frente para a estante de sua autora favorita, com Boris deitado ao seu lado, começou a contar como desvendou aquele misterioso caso:

— Desculpem tirar vocês da sala, mas espero que estejam todos confortáveis aqui.

Concordaram, até porque os quartos da casa de Pierrette eram enormes e cabiam todos lá com folga.

— Acontece que olhando para esses livros, eu encontro todas as repostas que preciso para coisas complicadas – continuou.

Em seguida, contou tudo que já sabiam, até o momento em que desligou o telefone no hotel, depois de falar com Morgana.

Ela havia telefonado para Pacco, perguntando o resultado do exame de DNA de Jandira, que havia sido repetido por causa de uma falha. Pacco relatou a ela que, na verdade, estavam suspeitando de contaminação da prova, pois o resultado do exame de Jandira apresentava vinte e poucos por cento de compatibilidade com o DNA do feto.

— Pacco, é lógico que tem que ser esse o resultado, não sei o que vocês não entenderam. Jandira é a avó da criança – dissera Pierrette.

Em seguida, pediu para ele avisar ao delegado que cuidava do caso, o Dr. Meireles, para proceder a uma perícia na moita de hervínia do lado esquerdo da lavanderia do casarão.

Ela já sabia o que iriam encontrar, porém a busca foi melhor do que esperava. Ela suspeitava, o que ficou provado, que Jandira havia cortado ramos da hervínia e misturado com os da planta, camuflando uma estreita passagem em ziguezague pela moita. Como a planta gigante era extremamente malcuidada, muitos ramos secos estavam emaranhados nela, dando-lhe o ar de abandono que apresentava.

A perícia removeu os ramos secos da planta e descobriu como Jandira havia entrado no casarão e matado Ludimila. Depois voltou por onde veio e repôs os galhos secos, fechando a trilha.

O que ninguém esperava, e que serviu de prova, foi que no meio das raízes em forma de mandioca da hervínia, Jandira havia enterrado a pequena e afiada faca de descascar frutas com a qual cometera o crime.

A câmera do 560, na verdade, mostrou-se um verdadeiro mico na investigação. Allan havia baixado-a no dia que quis andar de longboard ali na rua com seus amigos.

Pierrette achou desnecessário expor que das outras vezes Seu Waldomiro havia abaixado a câmera com um rodo, para implicar com o garoto e atormentar Morgana com a história.

Jandira assustara-se quando vira Pierrette na varanda do fundo do casarão e ficara em alerta. Quando viu Pierrette mexendo na planta, achou que iria desmascará-la. Tentou podar a planta e recuperar a faca, mas Seu Waldomiro havia visto Pierrette entrando pela janela do banheiro do andar de cima e ficara atormentando Morgana até ela chamar a segurança, que frustrou os planos de Jandira. E de Pierrette também.

Na tentativa de parar Pierrette, Jandira colocou o bilhete na caixa de correio, fato comprovado pela câmera do começo da rua, que mostrava Jandira descendo o trajeto e voltando dois minutos depois, na data em que Pierrette encontrou o bilhete.

Ainda analisando as câmeras, a da pracinha do lixo reciclável mostrou uma Jandira enfiada em um casado de mangas compridas, no dia do crime, embora estivesse um calor de mais de vinte sete graus àquela hora. Ela estava encobrindo a blusa imunda de sangue e sujeira da hervínea. A blusa foi encontrada na casa dela e o teste com luminol mostrou todos os vestígios de sangue no avesso da manga esquerda, pois Jandira era canhota.

Depois Jandira encontrou Pierrette saindo da Vila Nazaré e perguntara aos vizinhos o que ela queria. Descobriu que estava sondando a vida de Ludimila. Achou que Pierrette já sabia de tudo e contou a verdade para o marido.

Ele falou para a esposa abandonar o emprego imediatamente, mas antes de ir embora, deixar a Coca-Cola, que Jandira havia contado a ele que Pierrette tomava o tempo todo, batizada com fluido de arrefecimento de radiador a base de etilenoglicol. Um veneno doce, que já causou muitas tragédias com animais domésticos e era obrigado a ser vendido em cores berrantes, por ser incolor. Porém, para ajudar, a Coca-Cola é preta, o que disfarçou perfeitamente o líquido rosa choque.

Jandira entrou no terreno da casa de Pierrette pulando o muro do fundo. A polícia científica encontrou marcas de tênis, compatíveis com os que ela aparecia usando nas câmeras de segurança do condomínio nesse dia, no alto do muro.

Ela pôs a Coca-Cola na geladeira e jogou as outras fora, para não ter perigo de Pierrette não a beber logo naquele dia. De quebra, deu uma boa investigada nos e-mails de Pierrette para sondar o quanto ela sabia. Entre o horário que Dorotéia deixou o serviço, as quatro e pouca, até às cinco e meia, quando Pierrette voltava, sabia que estava tranquila. Além do mais que Boris, que devia estar fazendo a maior festa para ela, iria correr para porta da frente assim que Pierrette entrasse com o carro na garagem.

Uma análise no e-mail de Pierrette no iPad, que sempre ficava na sala de TV quando ela ia á academia, mostrou que Jandira enviou para o e-mail de sua filha a conversa dela com Dr. Fabiano, bem como o endereço deste, que fora enviado por Tia Burghetinha.

A filha havia criado duas contas falsas de e-mail, com endereços parecidos e enviado, a pedido de Anízio, o marido de Jandira, as mensagens de correio eletrônico. Mas ficou claro que ela não sabia as verdadeiras intenções dos pais.

Ele elaborara o plano de atropelar Pierrette, quando, providencialmente, Seu Waldomiro telefonou, marcando o dia que levaria sua perua Volvo para revisão na oficina onde trabalhava, no centro da cidade de São Paulo, muito perto do Beco dos Aflitos.

— Seu Waldomiro foi entregar o carro, sempre adiantado, e depois foi pegar o carro novo na concessionária ali perto. Tinha marcado a entrega para o final da tarde, começo da noite, pois não queria pegar trânsito para voltar. Ele pegou o carro novo e resolveu comemorar, jantando numa churrascaria rodízio ali perto. Depois, foi até a oficina para que Anízio dirigisse na volta. Por isso saiu tarde e passou pela rua da garagem pública, bem a tempo de me socorrer. O que ele não sabia era que seu motorista e mecânico tinha tentado me atropelar com o carro dele, enquanto ele jantava. Provavelmente, se não tivesse fugido, eu e Seu Waldomiro poderíamos estar mortos agora.

— Pierrette, como você descobriu o motivo do crime? — perguntou Angelita, o que todos queriam saber.

— Por incrível que pareça, uma frase que Jandira, muito orgulhosa, me falou e que Gilda repetiu para mim: "Eu faria qualquer coisa pela minha família". Depois que eu já sabia o que tinha acontecido, liguei para Rita e perguntei diretamente se o tal homem casado que andara era da família de Jandira. Rita não só confirmou, mas também disse que o motivo da briga de Jandira com Ludimila fora que a filha de Jandira havia se desentendido com o marido, nada muito grave, mas que na hora que soube, Ludimila já havia corrido e apresentado a irmã para o rapaz. Jandira ficou furiosa, pois Ludimila era amiga de sua filha e estava sendo traíra. Como ela "faria qualquer coisa pela família", percebeu que o passo seguinte seria a própria Ludimila se meter com seu genro, pois não sabia que ela já estava metida com seu filho. Na época ninguém sabia que o filho casado de Jandira estava "pulando a cerca" com Ludimila e ela não contara para ninguém que estava grávida, só fez chantagem com Gilda.

Nesse momento, Tia Burghetinha limpou a garganta e, muito sem jeito, levantou a mão e perguntou, tímida:

— E a VHP?

— Está perdendo força. Todas essas sociedades, seitas, entidades ou igrejas, perdem força com o tempo. A Igreja Católica dominou o mundo por mais de mil anos, ameaçando seus fiéis com o inferno. A VHP e outras fazem o mesmo, porém um dia o caldo entorna. Duro quando o caldo entorna e os seguidores saem de uma para entrar em outra, que usa os mesmo recursos para agregar seguidores e viver da ingenuidade deles. Pelo menos, nas religiões, existe alguma coisa de puro muito pouco levado em conta, na base de tudo, o que não acontece com a VHP.

Todos aplaudiram Pierrette.

Ela havia telefonado para Natália e lhe dado o caso todo, para a jornalista levar o crédito, porém ninguém esperava a bombástica confissão de Jandira frente às câmeras.

Algum tempo depois, todos foram embora e Pierrette deixou um jantar marcado com Pacco. Afinal, ele havia ajudado-a muito e tinha que agradecer.

Angelita estava feliz e radiante. O marido havia contratado duas empregadas no lugar de Jandira e agora tinha tempo para ela e para ele. Pierrette só desejou a ela que nenhuma das novas funcionárias fosse assassina.

Marcos e Matilda mandaram uma enorme cesta de flores para Pierrette, com uma carta, onde Marcos contava que o escritório queria readmiti-lo, porém outro escritório, maior e melhor, havia oferecido a ele uma vaga de advogado júnior e havia aceitado. Já estavam em um flat até alugarem uma casa.

Gilda passou por Pierrtte na rua, mediu-a de alto a baixo e atravessou sem falar com ela.

No dia seguinte do jantar com Pacco, Pierrette mal saiu da cama e já ouviu Morgana conversando na cozinha com Dorotéia.

— Conta tudo como foi o jantar com aquele gato, agora! — intimou Morgana assim que Pierrette entrou na cozinha.

— Ih, tudo quer dizer nada. Ele é muito galinha mesmo e, como te disse, não é para ser levado a sério. Ficou o tempo todo olhando para a hostess do restaurante e para qualquer cliente bonita que entrava, menos para mim. Aquilo lá é assim mesmo, quando consegue uma, continua galinhando todas.

Pierrette ficou um pouco séria. Pensou. Depois achou melhor falar. Chamou Morgana até a sala de TV.

Sinceridade é importante, mesmo que riscos se corram. Decidiu contar à amiga que havia suspeitado de Seu Waldomiro e o verdadeiro porquê de ter saído voando do carro. Estava com medo de perder a amizade, mas não queria carregar aquilo consigo.

Morgana ouviu tudo. Estava muito séria. Quando Pierrette terminou de contar toda a história, olhou para ela. E as duas caíram na gargalhada.